KB114723

HERO2300

FUSION FANTASTIC STORY

말리브 장편 소설

영웅2300

영웅2300 4

말리브 장편 소설

초판 1쇄 찍은 날 § 2014년 9월 15일
초판 1쇄 펴낸 날 § 2014년 9월 17일

지은이 § 말리브
펴낸이 § 서경석

편집부장 § 권태완
편집책임 § 박은정

펴낸곳 § 도서출판 청어람
등록번호 § 제387-1999-000006호
등록일자 § 1999. 5. 31
어람번호 § 제1-1933호

주소 § 경기도 부천시 원미구 부일로 483번길 40 서경B/D 3F (우) 420-822
전화 § 032-656-4452 팩스 § 032-656-4453
http://www.chungeoram.com
E-mail § chungeorambook@daum.net

ISBN 979-11-316-9193-9 04810
ISBN 979-11-316-9111-3 (세트)

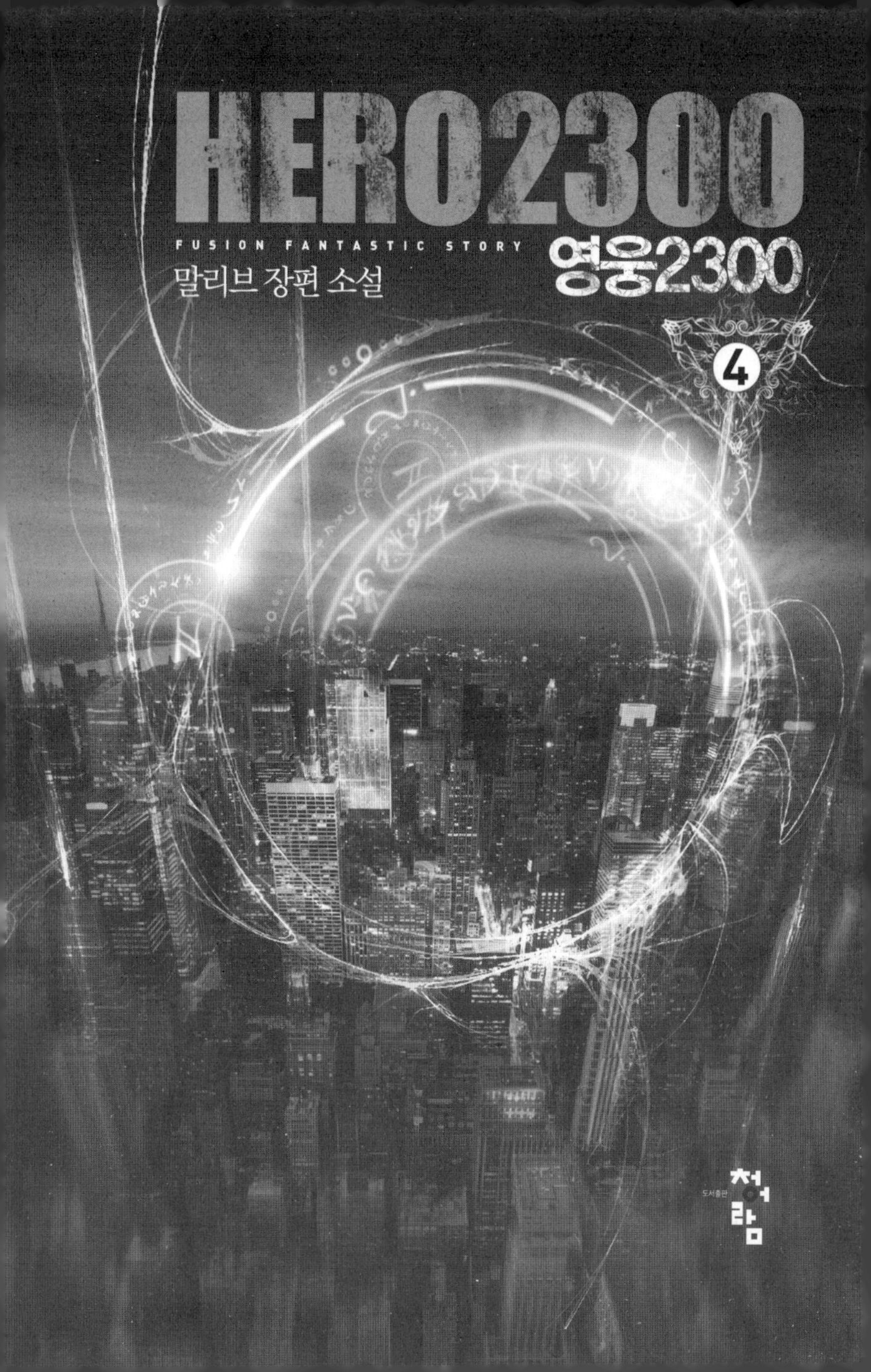
HERO2300
FUSION FANTASTIC STORY
영웅2300
말리브 장편 소설
4
도서출판 청어람

CONTENTS

1장

협상

　일단 공무원들은 사고방식 자체가 유연하지 못하여 협상하기가 힘들다.

　또한 몬스터를 잡지 못해 마정석을 얻지 못하는 날에는 수당도 없는 것이 문제였다.

　최소한 교통비라도 지급해야 하는데 무식하게 수입이 없으면 지출도 없다는 식이다.

　그래서 비 오는 날 온갖 용을 쓰고도 한 푼도 받지 못하고 집으로 돌아갔다.

　오열은 피식 웃었다.

　어차피 이들이 책정하는 가격은 아주 낮을 것이 분명하기 때문이다.

솔직하게 말하면 거대 몬스터 한 마리를 잡을 마취제로 혼자 중형 몬스터를 여러 마리 잡으면 그것이 더 안전하고 수입이 좋다.

오열로서는 굳이 무리할 필요가 없는 것이다.

"마취제를 사용하여 몬스터를 잡으면 저희가 따로 100억을 수당으로 드리겠습니다."

오치열은 오열이 당연히 승낙할 것으로 생각했다. 하지만 오열은 그 말을 듣고 그냥 웃었다.

"100억이면 지난번에 재료비로 신청하신 40억보다는 2.5배나 많은 금액입니다."

오열은 자신만만해하는 그를 보며 느긋한 어조로 말했다.

"저, 그거 안 해요."

"네……?"

오치열은 오열의 거절에 당혹스러운 표정을 지었다.

100억이면 절대 적은 금액이 아니다. 그런데 거절하다니, 정말 의외였다.

"아니, 왜……?"

"제가 그날 사용한 마취제의 양으로 던전에서 몬스터를 사냥하면 최소 500억은 법니다. 문제는 마취제를 만들기가 무척이나 힘들다는 사실입니다. 몬스터를 마비시킬 수 있는 것은 오직 몬스터의 부산물을 가공해서 만들어야 하는데 이게 양이 많지 않습니다. 시세가 맞지 않은 것도 있지만 실제로는 마취제가 없어서도 못합니다."

오치열은 오열의 말을 듣고 한동안 말이 없었다.

재료가 없어서 못한다는데 어쩌겠는가?

이래서 공무원들이 문제다.

물건의 재고도 알아보지 않고 자기들끼리 가격부터 매기고 본다.

"아니 그러면……."

"화약은 있습니다. 그런데 그것을 사용하면 어그로가 저에게 튑니다. 제가 뭐 잘났다고 몬스터에게 자진 납세를 해서 그 아가리로 걸어 들어가겠습니까?"

이 부분에서도 오치열은 뭐라고 할 수 없었다.

한국에는 연금술사가 정말 적었다.

있어도 연금술사가 망캐라 있는 재산을 홀라당 까먹거나 거대 길드에서 나오는 재료로 비전서나 만들어 파는 정도에 지나지 않았다.

오열처럼 화살촉 속에 화약이나 마취제를 넣는 연금술사는 아예 없다. 아니, 그들은 만드는 법도 모른다.

오열은 지난번에 타이거 타란툴라를 잡을 때 거의 혼자 잡다시피 했다.

사실 그 대단하던 칼리쿨도 마취제로 혼자 잡지 않았는가.

몬스터에게 마취가 통하면 충분히 혼자 잡을 수 있는 몬스터를 수백 명의 사람과 n분의 1로 나누는 것이다.

그야말로 바보짓이다.

당황하는 오치열을 보고 오열이 웃으며 말했다.

"아직 제 장비의 성능조차 모르시고 오신 것 같군요. 제 아머의 HP 양이 55만입니다. 에너지소드도 30만 KP가 넘습니다. 마비되어 움직이지 못하는 몬스터를 저 혼자 못 잡을 것으로 생각하시나 봅니다."

"네에?"

오치열은 오열의 장비와 무기의 성능을 믿을 수가 없었다.

지금까지 시중에 나온 최고 아머가 10만 HP이다.

그런데 그 다섯 배도 넘는 방어구가 있다는 말에 의아한 생각이 들었다.

그리고 그 순간 오치열은 뭔가 머릿속에서 꽉 하고 터지는 빛이 스쳐 지나갔다.

오열이 말한 것은 마취제가 없다는 것이 아니라 단가가 맞지 않아서 사용할 수 없다는 말이나 마찬가지였다.

그렇다면 협상만 잘하면 마취제를 이용한 사냥이 가능하다는 생각이 들었다.

이것은 타이거 타란툴라 때처럼 쉽게 몬스터를 잡을 수 있다는 말과도 같았다.

'흠, 다루기 힘든 친구군.'

그는 이 문제를 자신이 혼자 처리할 수 없는 사안이라는 것을 느꼈다.

　무엇인가를 결정해야 하는 것은 자신이 할 수 있는 일이 아니다.

　그에게 주어진 권한은 협상이지 판을 새로 짜는 것이 아니기 때문이다.

　그는 오열에게 양해를 구하고 본부에 보고하였다.

　국가안전위원회 소속 전략상황실은 오치열의 보고에 처음에는 당황했으나 이내 방향을 잡았다.

　가장 우선시되는 것은 안전하게 몬스터를 토벌하는 것이지 얼마의 돈을 공평하게 메탈사이퍼에게 배분하느냐가 아니었다.

　도심지에 나타난 몬스터는 얼마나 빨리 처치하느냐가 관건이다.

　다른 것은 그것에 비하면 아무것도 아니었다.

　오열은 오치열의 이야기를 듣고 집으로 돌아왔다.

　계약한 것은 아니었지만 이야기가 굉장히 긍정적이었다.

　무슨 요구를 해도 들어줄 것 같은 분위기였다.

　사실 전략상황실은 몬스터를 처치하는 과정이 너무나 위험하다고 판단했다.

　도심에 나타난 몬스터를 10분만 방치하면 수백 명의 사람이 다치거나 죽게 된다.

　그런데 정부 예산을 투입하는 것도 아닌데 오열과 굳이 얼굴을 붉힐 이유가 없었다.

지금은 무엇보다 안전하게 빨리 잡는 것이 우선이었다.

그 이상의 것은 메탈사이퍼의 장비와 무기가 교체된 다음에 생각해도 되었다.

오열은 집으로 돌아와 아바타에 접속했다.

3일 만에 분위기가 많이 달라져 있었다.

'뭐지?'

오열이 문을 열고 들어서자 제프와 알렉스가 반갑게 맞이하였다.

"어서 오십시오."

"뭐 좋은 일이라도 있는 거야? 사람들의 표정이 좋던데."

오열은 시장과 거리에 있는 사람들의 표정이 유독 밝은 이유가 궁금했다.

"드디어 우리 오스만 군이 승기를 잡았습니다."

"그래?"

"네, 오열님. 적의 총사령관인 아도니안 후작이 이틀 전에 죽었습니다."

"그래? 역시 대가리를 쳐야지. 이번에는 일을 제대로 하는가 보네."

"하하, 그렇습니다. 적은 심각한 내분에 휩싸여 있습니다. 우리 군의 게릴라 작전이 마침내 성공을 거둔 것입니다."

오열은 제프의 설명에 고개를 끄덕였다.

준비도 제대로 하지 못하고 전쟁을 치러야 했던 오스만 군은 원래부터 군사 강국이던 바티안의 기습적인 공격에 속수무책으로 당했다.

하지만 이제부터는 전쟁이 다르게 흘러가고 있다.

'이제는 이기겠군.'

오스만 왕국의 게릴라들이 끝없이 적의 지휘부만 노리게 되면 전쟁다운 전쟁도 하지 못하고 바티안 군은 후퇴해야 할 상황에 직면하게 될 것이다.

오열은 아바타를 접속할 때마다 오스만 왕국과 바티안 왕국과의 전쟁 소식을 접하게 되었다.

그때마다 오스만 군이 승리하고 있다는 말을 들었다.

여전히 브로도스는 연금술로 폭약이 든 화살을 만들고 있었다.

그가 만든 화살로 인해 오스만 군이 전쟁에서 승기를 잡은 것이다.

슘마의 영주이자 오스만 왕국의 총사령관 나탈리우스 백작은 만나는 적마다 모두 철저하게 부수어 버렸다.

전쟁이 발발한 지 3년 만에 오스만 군이 마침내 전쟁에서 승리하였다.

바티안 군의 30만 병사 중에서 무려 5만 4천 명이 포로로 잡혔다.

새로운 왕이 된 루이스 3세는 자신의 아버지 루이스 2세와 형제들의 복수를 화려하게 했다.

포로로 잡힌 5만 4천 명을 모두 국경지대인 바르살라로 끌고 갔다.

그곳은 슘마에서 북서쪽으로 가면 나오는 버려진 광야로 바티안의 도시 골루다에서 내려다보이는 곳이었다.

그곳에서 루이스 3세는 포로들을 모두 나무 꼬챙이로 찔러 죽인 뒤 나무에 매달아 놓았다.

바르살라의 버려진 광야에 매달아놓은 시체가 연일 썩어가고 있었다.

시체에서 흘러내린 피가 대지를 적시면서 몬스터를 불러들였다.

바티안 군은 나무 꼬챙이에 찔려 죽고 시체는 몬스터와 짐승의 먹이가 되었다.

루이스 3세는 황폐해진 국토를 보며 이를 악물었다.

한 번 침략해 온 적이 두 번이라고 못할 것은 없었다. 그래서 그는 적에게 자신의 광기를 보여주기로 했다.

그는 포로로 잡힌 모든 사람을 나무에 매달아 죽인 것이다.

어찌어찌 도망간 바티안 군들은 국경을 가득 채운 시체를 보며 공포에 떨었다. 그리고 그들은 고국에 돌아가 이 사실을 그대로 전했다.

'다음에는 크로노프 3세도 나무에 매달 것이다.'

'아도니안 후작의 시체 조각을 모아 실로 꿰맨 다음 다시 그 시체를 뾰족한 나무창으로 항문을 찌르고 머리를 부수었다.'

온갖 소문이 나돌기 시작했다.

전쟁에 참여한 수많은 바티안의 귀족들과 장교들이 이렇게 죽어갔다.

그중에는 잠시 전쟁 격려 차 나온 유드리히 왕자도 있었다.

그는 항문이 찔린 다음 나무창이 두개골을 꿰뚫고 나와서 죽었다.

오열은 그 이야기를 듣고 드라큘라 공작의 이야기가 생각났다.

그것과 아주 많이 흡사했다.

블라드 체페슈 드라큘라 공작은 1461년 루마니아의 옛 도시인 왈라키아를 방어하기 위해 적에게 잔인한 짓을 하였는데, 그의 특기가 뾰족한 막대기로 사람을 찔러 죽이는 것이었다.

오스만 제국의 메메토 2세는 왈라키아의 수도로 진입하다가 나무에 찔려 죽은 2만여 명의 시체를 보고는 공포에 떨었다.

전쟁에서는 이겼지만 적의 잔인함에는 말할 수 없는 공포와 전율을 느꼈다.

메메토 2세는 상대가 미친 자인 것을 깨닫고 그와는 더는 전쟁을 할 수 없다고 생각하고 말머리를 돌려 귀국하고 말았다.

그 후 메메토 2세는 블라드 체페슈 드라큘라와는 전쟁을 포기하고 정치적인 방법을 써서 그를 숙청할 수 있었다.

'하하, 난 루이스 3세가 왕자일 때 그런 미친놈인 줄 몰랐는데…….'

페테에 있을 때 얼핏 왕자를 보았는데 그는 얌전한 샌님같이 생겼었다.

그런데 그런 그가 이런 광기 어린 복수를 할 줄이야.

"완전 미친놈이었군. 역시 사람은 겉모습만으로는 알 수가 없어. 그나저나 바티안의 국왕 크로노프 3세도 간담이 서늘하겠군. 미친놈하고 엮이게 되었으니 말이지."

광기가 극에 이르면 상대에게 말할 수 없는 공포를 심어주게 된다.

오스만 제국의 술탄인 메메토 2세가 사는 동안 드라큘라에 대한 공포를 느꼈던 것처럼 크로노프 3세는 두려운 환상이 가져다주는 공포를 맛보게 되리라.

세상에서 가장 무서운 것 중의 하나가 미친놈의 광기다.

오열의 생각대로 바티안 왕국은 오스만 왕국에 그 어떠한 항의도 하지 못했다.

국지전이 벌어져도 바티안 군은 뾰족한 나무 꼬챙이만 보면 칼을 버리고 도망가기에 바빴다.

실제로 사로잡힌 바티안 포로들은 모두 나무 꼬챙이에 꽂혀 죽어갔다.

이제는 위에서 그만하라 명령을 내려도 병사들이 명령을 듣지 않았다.

오열은 루이스 3세가 수도 나하른으로 간 후 약속대로 노톨리에스 왕실령을 받았다.

영지의 주인과 백작위는 아만다의 아버지가 받았다.

오열은 본체가 없는 아바타이므로 백작위를 받으나마나였고, 브로도스는 나이가 많고 또 귀족의 작위에 관심이 별로 없었다.

그의 관심은 오직 현자의 돌을 완성하는 데 있었기에 노톨리에스 영지로 가는 것조차 반대했다.

오열이 살고 있는 메텔레스 영지는 카르디어스 남작이 잘 다스려 매년 사정이 좋아지고 있었다.

데논 평야에서는 감자와 고구마가 많이 나왔고, 인근에 있는 고블린들이 협조적이라 상당 부분을 경작할 수 있었다.

도시에서 가까운 곳은 좁긴 하였지만 밀을 심기도 했다.

모든 것이 평화로웠다.

그러나 오열은 평화롭지 않았다.

나날이 늘어나는 아만다의 심술을 감당할 수 없었기 때문이다.

사랑스럽고 상냥하던 그 소녀는 어디로 사라지고 사랑을

쟁취하기 위한 투사만이 남았다.

밤하늘의 별이 그림같이 빛나는데 오열은 나직하게 한숨을 내쉬었다.

오열은 아만다가 못되게 굴어도 그것이 자신을 사랑하기 때문이라는 것을 알기에 어쩌지 못하고 있었다.

바람이 불어오자 오열의 곁으로 아만다가 다가와서 그의 어깨에 머리를 살며시 기대어 왔다.

아만다에게서 향기로운 냄새가 났다.

"왜 그렇게 나와 함께하고 싶어하지?"

"그거야 당연한 것 아니에요?"

"그래도 너무 위험해서 하는 말이잖아."

"여자들은 사랑을 하면 한없는 욕심을 가지게 돼요. 처음에는 나를 바라봐 주기를 원해요. 그리고 시간이 지나면서 연인의 웃음을 보고 싶어하죠. 그가 나를 향해 웃으면 이제는 늘 같이 있고 싶어져요. 시간이 지날수록 여자들의 이런 욕심은 커져 나중에는 커다란 나무로 자라면 그때부터 그 나무의 열매가 어떻게 맺을까 궁금해하죠. 여자는 자신이 사랑하는 사람과 언제나 함께하고 싶어해요. 여자들은 이것을 위해서라면 자신의 목숨도 버릴 수 있어요. 기꺼이! 그런데 당신은 내가 함께하고 싶을 때 같이할 수 없어요. 난 당신에게 의미가 있는 여자가 되고 싶은 것이에요. 내 마음을 모르겠어요?"

오열은 아만다가 자신을 얼마나 사랑하는지 가만히 있어

도 저절로 느껴졌다.

결국 그는 그녀에게 이철수 대령에게 들은 이야기를 그대로 해줬다.

"정말요? 정말로 열 번 다 성공했어요?"

"응. 하지만 그것은 겉으로 드러난 성공이야. 이후에 어떤 부작용이 나타날지도 몰라."

"아니에요. 전 꼭 하고 싶어요."

오열은 아만다의 얼굴을 보며 체념했다. 그리고 반드시 포탈이 성공하여 아만다와 같이 살고 싶었다.

그것은 그의 오랜 꿈이기도 했다.

처음 메탈사이퍼로 각성했을 때 그의 목적은 오로지 예쁜 여자를 만나 알콩달콩 사는 것이었다.

아만다는 외모나 성품 그 어떤 것도 빠지는 것이 없었다.

"나, 당신이 있는 곳에 가면 나를 위해 세레나데를 들려줄 것인가요?"

"아만다, 그것은 좀……."

"왜죠?"

"그건 내가 음치라서."

"홍, 그것은 나를 사랑하지 않아서 하는 핑계에 불과해요. 지금 한번 불러봐요."

오열은 할 수 없이 부드러운 발라드를 불렀다.

오열의 노래를 듣는 아만다의 입이 피식피식 웃기 시작했다.

오열이 노래를 끝내자 아만다가 웃음을 참느라 붉어진 얼굴로 조그맣게 말했다.

"그래도 난 당신의 노래가 좋아요. 나를 위해 불러준 첫 노래인 걸요."

오열은 아만다의 말에 얼굴이 더 일그러졌다.

'뭐야? 그럼 앞으로 더 불러달라는 거야? 아 놔, 음치 교정이라도 받아야 하나?'

오열은 해맑게 웃는 아만다의 얼굴을 훔쳐보며 머리를 굴렸다.

*   *   *

오열은 이철수 대령과 만나 아만다의 포탈을 이야기하기 시작했다.

그동안 뉴비드 행성 사람 세 명이 지구로 포탈되었지만 모두 성공했다.

기술적으로 문제가 전혀 없기에 오열은 더는 망설이지 않기로 했다. 아만다가 지구로 가는 것이 결정되자 준비해야 할 것이 많았다.

이제는 오열도 뉴비드 행성에 자주 오지 못하게 될 것이기에 그동안 부족하던 연금술을 브로도스에게 집중적으로 배웠다.

브로도스가 궁극의 연금술인 '현자의 돌'을 가르쳐 주었는데 그다지 오열의 관심을 끌지는 못했다.

그는 인간의 본질, 존재의 근원 같은 것에는 관심이 없었다.

브로도스는 자신의 비전과 심혈을 기울여 만든 책을 오열이 무덤덤하게 받자 허탈하게 웃으며 말했다.

"내 생전에 너처럼 불량한 연금술사는 처음이다. 연금술사가 어떻게 그리 사물의 본질에 관심이 없을 수 있는지 놀랍기만 하구나. 우주에 있는 영원에 대한 소망을 이룰 수 있는 자는 바로 연금술사다. 연금술사는 창조신이 인간에게 남겨둔 흔적을 연구하는 자이다. 다시 말해 역사학자는 세월의 흔적을 탐구하고 연금술사는 그 사물이 이루어진 원리를 탐구하지."

오열은 브로도스의 이야기를 듣다 보니 갑자기 생각난 것이 있었다.

"아참, 몬스터는 어떻게 생겨난 것이죠? 왜 그들의 생명력에는 인간에게는 없는 카오스에너지로 가득한 것인지 모르겠군요."

"하하하, 이제야 네가 조금은 연금술사같이 보이는군. 몬스터에 관한 신화는 아주 많지. 그리고 그들 신화가 몬스터의 기원을 설명해 줄 수 있을지 모르겠군."

"뭔데요? 빨리 이야기해 주세요."

"궁금하면 에너지스톤 내놔. 다섯 개."

"윽."

오열이 주머니를 뒤지자 브로도스가 입을 열었다.

이야기하는 도중에 그의 손에는 에너지스톤 다섯 개가 놓였다.

"창조신 마르부스에 대한 설화는 참으로 많은데 그중에 믿을 만한 것은 별로 없어. 마르부스는 온 우주의 기운을 모아 자신의 모양으로 인간을 창조했다고 해. 그 와중에 이종족이 생겨났어. 그리고 우리가 아는 드래곤은 이 세계의 조율자로 만들어졌고. 그런데 빛이 있으면 어둠이 있는 것처럼 빛의 에너지로 창조를 하고 나자 어둠의 에너지인 카오스에너지가 폭주하기 시작했어. 창조신 마르부스는 몰려드는 어둠의 에너지를 한곳으로 모아놓고 천천히 몬스터를 만들기 시작했다. 하지만 만들어진 몬스터의 힘이 너무 강했어. 그게 문제였지. 인간과 비교했을 때 너무 강한 것. 만약 남은 카오스에너지로 계속 몬스터를 만들었다면 인간은 몬스터의 먹이가 되어 멸망했겠지. 그래서 그는 남은 카오스에너지를 땅에 봉인했어. 만들어진 몬스터들도 대륙의 끝과 깊은 산에만 있게 했고. 그런데 장난이 심한 메르데스 신이 카오스에너지의 봉인을 열어버렸지. 땅은 요동을 치며 대륙이 흔들렸어. 그리고 그 봉인된 어둠의 힘이 어디론가 사라져 버렸다고 하더군. 장난의 신 메르데스도 함께 말이야."

"흠, 믿을 수 없는 내용인데요."

"설화가 그렇지. 하지만 설화는 신들에 관한 이야기이기도 하지만 신이 자신의 이야기를 숨겨둔 것이기도 하네. 그러니 무조건 아니라고 말할 수도 없어. 신들의 이야기를 근거로 하여 고대문명의 흔적이나 마도사의 던전을 찾기도 하였거든."

"흠, 그렇군요."

오열은 믿을 수 없지만 그렇다고 브로도스의 말이 모두 거짓이라고 보기도 힘들었다.

보기 전에는 절대로 믿지 못하는 사람이 많다.

지구가 둥글다는 것을 사람들은 믿지 못했다. 사람들이 새처럼 하늘을 날 수 있으리라는 것도.

그것이 이루어져야 사람들은 비로소 믿는다.

하지만 보고 믿는 것은 믿는 것이 아니다.

그러니 신화를 완전하게 거부할 수는 없었다.

신화는 인간 이전의 아득한 이야기를 해주고 있기 때문이다.

"아만다를 행복하게 해줘라. 네놈이 만약 아만다를 슬프게 하면 가만두지 않겠다."

"물론이죠. 항상 그녀를 행복하게 해줄게요."

브로도스는 슬픈 얼굴로 오열을 바라보았다.

아만다가 그가 있는 나라로 간다고 했을 때 반대했다.

여기서 살아도 되는데 굳이 왜 그 먼 곳으로 가려고 하는지 이해할 수 없었다.

하지만 그는 아만다의 결심을 보고 어쩔 수가 없었다.

도저히 손녀인 아만다를 말릴 수가 없었다.

*　　　　*　　　　*

이영은 연무장에서 무공을 수련하였다.

그녀는 전 세계적으로 0.0001%에 속하는, 태어날 때부터 각성한 초능력자이기에 일반적인 메탈사이퍼와는 그 능력 자체가 달랐다.

호흡을 길게 내뱉자 그녀 주위로 푸른 아지랑이 입자들이 들락거렸다.

"핫!"

이영이 주먹을 내밀자 푸른 검기가 손 주위로 몰려들었다.

"얏!"

이영이 휘두른 주먹에서 푸른 메탈에너지가 하나의 구체로 변해 날아갔다.

'펑!' 하는 소리와 함께 무쇠로 만든 타깃이 휴지처럼 구겨져 버렸다.

이영은 부서진 무쇠 조각을 보며 한숨을 내쉬었다.

"아직도 무력천강장이 경지에 접어들지 못했구나."

이영이 말하는 무력천강장은 왕실이 보유하고 있는 무공

중에서 가장 강한 장법이다.

그녀는 장법의 원리를 이용하여 주먹에 어린 검기를 날리는 연습을 하고 있었다.

'도대체 왜 안 되지?'

그녀는 뉴비드 행성에서 실전 연습을 했지만 좀처럼 실력이 늘지 않았다.

심법도 무공 훈련도 착실하게 하고 있지만 마치 거대한 벽을 만난 듯 좀처럼 진척이 없는 것이다.

"그런데 그 녀석은 어떻게 그렇게 빨리 실력이 늘었지?"

이영은 오열을 생각했다.

처음 만났을 때는 몬스터로부터 도망하는 그를 우연히 만나 도와줬다.

처음에 샤벨 타이거 하나 어쩌지 못하던 그는 만날 때마다 강해져 있었다.

그녀는 그 이유를 알 수가 없었다.

지금도 그녀는 적수가 없을 정도로 강하지만 더 강해지고 싶었다.

인류의 생존을 위협하는 몬스터를 처치하기 위해서는 더 강해야 했다.

공주라는 신분이 몬스터 사냥에 참여하지 못하게 하지만 찾아보면 방법은 있다.

문제는 자신의 안전을 걱정하는 사람들의 불안을 불식시

킬 만큼 절대적으로 강하지 않다는 것이다.

그녀는 잠시 생각에 잠겼다가 폭풍연환장을 시전했다.

몸이 바람처럼 움직였다.

물러나고 나아가는 일련의 행동이 흐르는 물처럼 매끄러웠다.

메탈사이퍼가 무공을 배운다고 메탈에너지가 강해지거나하지는 않는다.

이런 이유 때문에 메탈사이퍼들은 따로 무공을 배우지 않는다.

따로 무공을 배우지 않아도 될 정도로 몸놀림이 빨라지고강해지기 때문이다.

내공심법을 배워도 그것은 그다지 차이가 나지 않는다.

내공이 쌓이는 속도가 느리기 때문에 하나마나였다.

하지만 이영은 달랐다.

어릴 때부터 자연적으로 메탈사이퍼로 각성한 능력자들은본원적(本願的)으로 엄청나게 강하다.

또한 그녀는 현실에서 노력하면 노력한 만큼 메탈에너지가 증가했다.

이것이 그녀가 여타의 메탈사이퍼보다 강한 이유였다.

"하아, 몬스터가 너무 강해져서 문제야. 인류는 어떻게 될까?"

이영은 연무장에서 달빛이 부서지는 하얀 바위를 바라보

며 걱정했다.

아무리 명예뿐인 공주라도 이곳은 그녀가 사는 나라였다.

아니, 어쩌면 그녀가 다스려야 하는 나라가 될지도 모른다.

이영은 무공 연습을 마치고 연무장을 나왔다.

샤워를 마치고 거울이 비친 자신의 알몸을 보며 이영은 나직하게 한숨을 내쉬었다.

군더더기 없는 예쁜 몸이다. 얼굴도 톱 연예인보다 더 아름다웠다.

하지만 거울 속에 있는 그녀의 청춘은 울고 있었다.

제대로 된 연애 한번 해보지 못하고 인생의 가장 아름다운 시간이 흘러가고 있었다.

왕족으로 태어나 스캔들 없이 지내다 보니 그동안 너무나 엄격한 생활을 했다.

그래서 그녀는 청춘의 낭만도 사랑도 알지 못했다.

＊　　　＊　　　＊

가디언스의 길드마스터 김인옥은 수색에 있는 던전 때문에 골치가 아팠다.

생각보다 더 빨리 길드원들의 장비가 맞춰져서 애로점을 느꼈다.

이전에 관리하던 것보다 꽤나 상급 던전이기는 하였지만

사실 몬스터의 유형만 정확히 알면 그다지 어렵지도 않았다.

장비를 업그레이드한 고수들이 갈 만한 던전이 별로 없었다.

붉은 늑대가 관리하던 던전이었는데 그때는 사냥을 하는 파티가 별로 없었다.

하지만 지금은 자리가 꽉 찼다.

그러다 보니 길드원들의 불만이 쌓이기 시작했다.

그렇다고 사냥을 잘 하고 있는 사람들을 단지 가디언스 길드원이 아니라고 이유로 무조건 던전에서 나가라고 할 수는 없었다.

"대책이 없나?"

"현재로서는 마땅한 대안이 없습니다. 이전처럼 천천히 던전을 길드원들로 채워야겠지요."

"하지만 그것은 시간이 많이 걸리지 않나? 또 1층 던전을 지나 2층으로 가면 몬스터가 너무 많아 어떻게 할 수가 없다면서."

"네, 그렇습니다."

"흠, 2층으로 가기에는 실력이 모자라고 1층은 이미 꽉 찼다?"

"그렇다고 힘으로 밀어내기도 곤란합니다."

"그렇지. 붉은 늑대가 망한 것은 무력으로 제2던전을 차지하려고 하다가 그놈하고 부딪친 것이지. 그놈에게 150명의 붉은 늑대가 죽었는데 갑자기 그놈이 자살했다? 그걸 믿을 수가 있어야지."

"들리는 소문에는 정부하고 무슨 딜이 있는 것 같았습니다."

"하긴 그런 놈이 자살이라? 후후, 그렇게 자살할 놈이 150명을 왜 죽였겠어?"

"한동안 자중해야 할 것 같습니다. 길드원들을 다독이며 최대한 빨리 2층으로 진출하는 수밖에 없습니다."

"1층에서 하는 파티원에게 2층 사냥으로 진출하여 연합을 하자고 해봐. 지금은 2층이 무리이긴 하지만 힐러진만 강화한다면 못할 것도 없잖아."

"그렇긴 합니다. 하지만 장비를 보강하지 않으면 힐러진이 빵빵해도 얼마 버티지를 못할 것입니다."

"그게 문제군."

김인옥은 하루빨리 2층으로 진출해야 자신이 경영하는 대성실업이 몬스터 부산물을 더 많이 구입할 수 있게 된다.

문제는 아직 2층 몬스터의 유형이 무엇인지 파악이 되지 않았다는 것이다.

그 유형만 파악한다면 난이도가 높다고 해도 공략 못할 바는 아니었다.

몬스터가 강해지면 메탈사이퍼들도 장비를 업그레이드하게 된다.

그러면 더 강한 몬스터를 잡을 수 있게 되면서 수입도 늘어난다. 끊임없이 장비를 새로 구입해야 하는 것은 맞지만 전체적으로 수입이 늘어나는 것도 맞다.

몬스터가 강해질수록 마정석의 가격이 비싸지기 때문이다.

*   *   *

오열은 아만다의 포탈 문제로 바빴다.

그래서 본의 아니게 파티 사냥에 많이 빠졌다.

그런데 오랜만에 사냥에 참가해 보니 던전에 사냥 팀들이 늘어나서 하루 세 마리를 잡던 몬스터를 한 마리 잡을까 말까 했다.

"휴우, 여기도 이제 사람이 많아져서 하기 힘드네."

"이제 더 안쪽으로 진출해야 할 텐데."

"며칠 전에 가디언스 길드가 2층으로 진출하는 것은 어떠냐고 의사를 물어왔어."

장준식이 모두 모인 자리에서 자신이 들은 이야기를 꺼냈다.

"하긴 이제 이곳에 있어도 사냥을 하기 힘드니 그 제안도 나쁘지는 않아."

파티원 모두가 고개를 끄덕였다. 심지어 힐러진들까지 동조했다.

"오열, 너는 어때?"

장준식이 오열의 의견을 물었다.

오열도 같은 생각이다.

하루 종일 이곳에서 사냥하는 것보다는 모험을 하는 것이 나을 것 같았다.

"나도 여기는 별로인데."

"그러면 2층으로 진출하는 것으로 하지. 가디언스 길드에 우리의 의견을 전할게. 만약 2층으로 진출하면 1층의 우리 자리는 잃어버리게 될 거야. 알지?"

"괜찮아. 하루 한 마리 잡는 사냥터라면 그다지 내키지도 않아."

파티 참가 인원이 대략 20명 전후다.

아무리 양질의 마정석을 얻는다고 하더라도 하루에 한 마리의 몬스터를 사냥하게 되면 수입이 형편없을 수밖에 없다.

마정석을 20명이 나누는데 그 금액으로는 새로운 장비를 업그레이드하기가 힘들었다.

장준식이 오열을 바라보며 말했다.

"그래서 하는 말인데, 당분간 네가 탱커를 했으면 하는데… 어때?"

"내가?"

"응. 내가 알기로는 네가 착용한 장비가 우리 것보다 월등하게 좋은 것이라 힐러들이 도우면 괜찮을 것 같은데……."

"그렇기는 하지만 내가 요즘 바빠서……."

오열이 그딴 잡몹을 상대로 몸빵하는 것은 어렵지 않은 일이다.

혼자서 하는 것이라면 조금 켕기겠지만 힐러진의 도움이 있다면 못할 것도 없었다.

하지만 요즘은 아만다의 일로 많이 바빴다.

오늘은 그동안 오열이 파티 사냥에 많이 빠져서 장준식의 전화를 받고 나온 것이다.

"일단 가디언스 길드의 도움으로 2층 몬스터의 성향이라도 파악하는 게 나을 것 같아. 그 후에 전략을 세우면 되잖아."

"하긴, 일단 쑤셔보는 것도 나쁘지는 않지."

오열도 2층의 몬스터들이 마취제가 통하는지, 또 어떤 특성을 가졌는지 알고 싶었다.

"그럼 오늘 바로 가지. 힐러들만 좀 지원해 달라고 해."

"힐러들만 있으면 가능할까?"

"걱정하지 마. 우리가 가면 따라올 놈들 많을 테니까."

"아, 그렇겠군. 우리만 힘든 것이 아니니까. 우리보다 더 많은 인원이 참가한 파티도 있으니……."

오열의 말에 사람들이 고개를 끄덕이며 동조했다.

메탈사이퍼는 목숨을 내놓고 모험을 하는 자이다.

몬스터가 강하다고 물러선다는 것은 말이 안 된다.

드디어 던전 2층을 향해 사람들이 움직였다.

2장

새로운 사냥터

두 시간 만에 2층으로 가는 팀이 결성되었다.

1층에서 사냥하던 대부분의 몬스터 헌터들이 2층으로 올라가고 1층은 최소한의 인원만 남게 되었다.

던전의 2층이 열려야 1층의 사정이 좋아질 것이기에 사냥을 구경하려는 사람도 많았다.

2층 사냥은 기존의 파티 위주로 운영하기로 했다.

손발이 맞는 사람들이 함께하는 것이 효율적이기 때문이다.

평소 몬스터 사냥을 하는 파티진에 힐러진만 보강하는 것으로 2층 정복을 위해 가디언스 길드가 몬스터 사냥의 전체적인 조율을 맡았다.

"자, 이제 시작합니다. 편의상 파티를 1조부터 10조로 나눴습니다. 오늘 참여하게 된 인원은 총 255명입니다. 인원은 많지만 몬스터가 어떤지는 전혀 모릅니다. 처음 하는 사냥이니 오늘은 아주 신중하게 접근하기로 하겠습니다. 아셔야 할 것이, 우리는 지금 몬스터 사냥을 하려는 것이 아니라 어떤 몬스터가 있는지, 또 그 몬스터의 행동 유형을 파악하는 것이 목적입니다. 그러니 각 조는 이 점을 명심해야 합니다. 경우에 따라서는 굉장히 위험할 수도 있습니다."

가디언스 길드의 오총명 부길드 마스터가 말했다.

그는 제2던전을 관리하다가 최근에 이리로 옮겼다.

그는 위기관리 능력이 좋아 새로운 던전을 관리하는 데 최적의 인물이었다.

사람들은 오총명의 말에 고개를 끄덕였다.

거대 길드의 부길마여서인지 사람들이 그의 말을 주의 깊게 들었다.

어떤 던전이라도 거의 대부분 거대 길드가 관리한다.

가디언스 길드는 최소한 던전에서 다른 길드원을 무조건 쫓아내지는 않는다.

그리고 지금 2층을 공략하는 것도 결국은 같이 살자는 발상이라 대부분의 사람들이 좋게 생각했다.

2층 탐사대의 1조부터 올라갔다.

1조는 메리앙 길드의 이율이 파티장인데 오열은 이들과 예전에 인사를 나눴기에 안면이 있었다.

2조는 오열이 속한 파티였다.

자연 1조와 유대가 긴밀한 편이라 이야기가 부드럽게 진행되었다.

"전투 준비. 1조가 먼저 몬스터를 유인합니다. 가능한 조심스럽게 몬스터를 유인해서 상대합니다. 만약 폴링이 제대로 되지 않고 몬스터가 많이 따라오면 2조와 3조가 나섭니다. 다른 조도 미리 준비를 하고 있어야 합니다. 다시 한 번 말씀드리지만 몬스터를 잡는 것이 목적이 아닙니다. 몬스터를 가능한 많이 지켜보는 것이 목적입니다. 자, 그러면 1조는 시작하세요."

메리앙 길드의 이율이 앞으로 나서서 조심스럽게 몬스터가 있는 곳으로 다가갔다.

그는 이미 부스터를 켜놓은 상태였다.

그때 몬스터 한 마리가 그를 봤다.

몬스터가 그를 향해 움직일 낌새를 보이자 이제는 됐다고 안심하였다.

그런데 몬스터 한 마리가 그를 향해 덤벼들자 주위에 있던 몬스터 일곱 마리도 덩달아서 따라왔다.

"헉!"

그는 재빨리 뒤로 물러났다.

다행히 부스터가 켜져 있어 몬스터보다 더 빠르고 민첩하게 움직일 수 있었다.

이율은 긴장으로 입안이 바싹바싹 말랐다.

힐러도 멀리 떨어져 있는데 여기서 다굴을 당하면 그대로 사망이다.

"젠장, 몬스터가 너무 예민하군."

"준비!"

메리앙 길드가 준비하는 사이 가디언스 길드의 오총명이 2조에게 대기 명령을 내렸다.

―2조, 1조가 자리를 잡으면 뒤로 돌아가 몬스터를 처치해 주시기를 바랍니다.

오열은 1조가 안정적으로 자리를 잡자 1조의 뒤를 돌아 몬스터를 상대했다.

회색빛의 몬스터는 크고 강해 보였다.

오열은 힘껏 에너지소드에 메탈에너지를 집어넣었다. 5미터의 검기가 붉게 출렁거렸다.

깡!

오열이 힘차게 휘두른 에너지소드가 몬스터의 피부에 부딪치자 철과 부딪치는 소리가 났다. 몬스터의 피부가 강철같이 단단했다.

'어려운 놈인가?'

슬쩍 보니 1조가 점점 뒤로 밀려나고 있었다.

오열은 자신에게 어그로가 튄 두 마리의 몬스터를 바라보았다.

오열이 공격할 준비를 하는데 갑자기 몬스터의 입에서 불덩어리가 튀어나왔다.

"뭐야, 이건?"

불덩어리가 오열의 아다티움 아머에 부딪쳤다.

예상하지 못한 공격이라 그대로 몸으로 맞았다.

던전에 있는 몬스터 중에는 불속성을 가진 몬스터가 꽤 있었다.

오열은 '펑!' 하는 소리와 함께 데미지가 들어오는 것을 느꼈다. 하지만 충격이 생각보다 적었다.

'이건 또 뭔 쇼야?'

오열은 생각보다 몬스터의 공격력이 상당히 낮은 것을 확인하고는 1조를 공격하는 몬스터를 공격했다.

그러자 이번에도 역시 두 마리가 따라 나왔다.

여덟 마리의 몬스터 중에서 네 마리를 오열이 상대하자 메리앙 길드에서도 한결 상대하기가 쉬운지 조금씩 여유를 찾는 느낌이다.

오열은 탱커가 아니어서 데미지가 많이 들어왔지만 그래봤자 힐러들의 힐이 더 강했다.

아다티움 아머의 55만 HP가 거의 풀로 유지되고 있었다.

그러니 무서울 게 없었다.

어그로가 잡히자 파티원들은 오열이 공격하는 몬스터를 같이 공격했다.

체력형 몬스터인지 데미지가 제대로 들어가지 않았지만 대신에 몬스터의 공격력도 높지 않았다.

"야, 돌아가면서 각각의 부위를 공격해 봐!"

"이미 그렇게 하고 있어!"

파티원들은 서로 의견을 교환하며 공격하였다.

발에서부터 가슴과 머리를 공격해도 데미지가 제대로 들어가는 것 같지 않았다.

정말 피부가 강철만큼이나 단단했다.

오열은 두 시간이나 공격했지만 한 마리밖에 잡지 못하자 의외로 놀랐다.

물론 그는 다른 몬스터의 어그로도 끌어야 했기에 제대로 공격다운 공격을 하지는 못했다.

하지만 그래도 이것은 너무하다는 생각이 들었다. 몬스터의 생체에너지가 너무나 강했다.

'약점이 없는 몬스터는 없어.'

오열은 주먹을 불끈 쥐고 다시 처음부터 공격하기 시작했다.

가슴이나 종아리, 또는 겨드랑이까지 공격해도 소용이 없었다.

'뭔가 있겠지.'

오열은 몬스터의 목을 향해 검을 날렸다. 이전보다 더 빠르고 예리한 공격이었다.

번쩍.

오열의 검이 몬스터의 목을 빠르게 스쳐 지나가자 몬스터가 갑자기 소리를 지르며 털썩 쓰러졌다.

'엉?'

오열은 이상한 느낌이 들어 다른 몬스터의 목을 공격했다.

역시나 오열의 공격에 몬스터가 휘청거렸다.

"약점이 목이다! 모두 목을 집중적으로 공격!"

오열의 외침에 다른 파티원들의 공격이 쏟아졌다.

역시나 파티원들은 일사불란하게 공격에 임했다.

몬스터는 체력은 강했지만 의외로 큰 약점을 가졌다.

약점이 드러났지만 그렇다고 아주 쉽기만 한 것은 아니었다.

몬스터가 지능이 높은지 목으로 날아오는 공격에 기민하게 반응하여 방어하였다.

"몬스터는 목이 약점이다! 목을 공격하라!"

메리앙 길드도 오열의 외침을 들었는지 몬스터의 목을 집중적으로 공격하기 시작했다.

그러자 몬스터 사냥이 빠르게 안정을 찾아가기 시작했다.

결국 세 시간 만에 모든 몬스터를 처치할 수 있었다.

오열은 몬스터의 사체를 보고 습관적으로 도축용 단검을

꺼내 몬스터를 도축하였다.

회색빛의 몬스터는 의외로 가죽이 잘 벗겨졌다.

살아 있을 때는 칼도 잘 박히지 않던 것과는 상당히 대조적이었다.

사실 대부분의 몬스터는 죽고 나면 생체에너지의 공급이 끊기기에 도축하는 것이 그다지 어렵지는 않았다.

오열은 왜 이 몬스터가 목이 그렇게 약한지 도축하면서 알게 되었다.

목 사이로 목뼈가 기형적으로 튀어나와 있었다.

이 사이로 검이 들어가면 몬스터에게 치명적이었다.

오열은 심장에서 마정석을 꺼냈다.

푸른색의 마정석이지만 거의 보라색에 가까웠다.

오열은 마정석을 장준식에게 주었다.

오늘 얻은 마정석은 이곳에 참여한 인원수대로 n분의 1로 나눌 것이다.

물론 직접 몬스터 사냥에 참가한 파티원에게는 별도의 수당이 지급된다.

네 마리의 몬스터를 순식간에 해체한 후 오열은 부산물을 가방에 집어넣었다.

메리앙 길드는 이런 오열의 행동을 보고도 아무 말도 하지 않았다.

하지만 몇몇 길드에서 이의를 제기했다.

가디언스 길드의 오총명이 오열에게 다가왔다. 한데 가까이 와서 보니 어딘지 눈에 익었다.

오열이 착용한 아다티움 아머가 상당히 낯익었던 것이다.

아머의 겉이 검은색의 가죽으로 덮여 있지만 이렇게 고급 아머는 시중에 흔하지가 않았다.

갑자기 등 뒤에서 땀이 나기 시작했다.

몬스터를 도축한 것을 보니 상대는 연금술사가 아니면 도축업자이다.

그의 촉이 기민하게 움직였다.

"저기… 이의가 들어와서 드리는 말씀인데……."

오총명은 가능한 조심스럽게 말을 꺼냈다.

처음 보는 사람인데 왠지 낯이 익은 느낌.

그리고 오열이 입을 열었을 때 그는 온몸의 솜털이 일어나는 것을 느꼈다.

"안 팔아. 몬스터의 사체는 다 내 거다."

반말을 하는데 하나도 귀에 거슬리지가 않았다.

친하지는 않았지만 익히 들어본 말투였다.

사람은 외모는 변해도 말하는 억양, 말투, 행동할 때의 특이한 버릇은 쉽게 변하지 않는다.

자연 오총명의 말이 정중해졌다.

"그러면 저기 저 사체는 어떻게 하실 것입니까?"

오총명은 오열이 어떻게 몬스터의 약점을 찾아내고 잡았

는지 모두 지켜보았다.

무엇보다 그는 메리앙 길드의 탱커보다 더 안정적으로 몬스터를 탱킹한 것도 주의 깊게 보았다.

"그거야 쟤들이 알아서 하겠지."

"알겠습니다. 그러면 좋은 시간 되십시오."

오열은 오총명이 자신의 정체에 대해 어느 정도 눈치챈 것을 느꼈다.

오열은 눈치가 빠르다.

상대의 지나친 저자세로 인해 오총명이 자신을 알고 있다고 확신했다.

그렇지 않다면 거대 길드의 부마스터가 이렇게 쉽게 물러날 리가 없었다.

그리고 오열은 가디언스 길드와는 친하지 않았지만 그렇다고 사이가 나쁘지도 않았다.

이미 알고 있는 사이였다.

오총명이 나머지 파티원에게 단호한 어조로 말했다.

2조의 몬스터 사체는 열외라고 말이다.

몇몇 반발하는 조짐이 보여 가디언스 길드의 방침이라고 하자 곧 잠잠해졌다.

가디언스 길드는 이 던전을 관리하는 거대 길드요, 오총명은 그런 길드의 부마스터다.

이 상황에서 계속 이의를 제기하면 그것은 가디언스 길드에 반발하는 모양새이므로 모두 입을 닫았다.

아무리 가디언스 길드가 매너가 있다고 하지만 3대 거대 길드 중의 하나다.

그러니 일이 잘못되면 중소 길드 하나 갈아엎는 것은 일도 아니다.

사냥이 한 번 더 있었다.

이번에는 광역화 공격을 하는 몬스터가 있어 애를 먹었다.

그러나 역시 힐러가 있다는 것이 얼마나 파티를 강력하게 만드는지 확실하게 보여줬다.

아무리 몬스터의 광역화 공격이 강하다고 해도 장비가 좋은 메탈사이퍼를 한 번의 공격으로 죽일 수는 없다.

단 한 번에 원킬 당하지 않으면 메탈사이퍼는 절대 죽지 않는다.

바로 힐러가 있기 때문이다.

두 번의 사냥이 성공적으로 끝나자 사냥을 마무리하게 되었다.

원래 목적이 사냥이 아니라 정찰과 탐색이었다.

덕분에 몬스터의 특색을 어느 정도 알 수 있게 되었다.

사냥을 성공적으로 마치자 모든 메탈사이퍼는 고무되어 있었다.

하지만 몬스터 사냥에는 비록 성공했지만 2층은 여전히 까다로운 사냥터이다.

제대로 잘하지 않으면 몬스터가 한꺼번에 몰릴 수도 있었다.

그래서 2층은 적어도 네 개의 팀 100명 전후의 인원이, 힐러는 보통의 던전보다 최소 1.3배 이상이 필요하다고 결론을 내렸다.

하지만 이는 모두 2층 앞마당에 있는 몬스터에 해당되는 사항일 뿐이었다.

더 깊숙이에 뭐가 있는지는 몰랐다. 오직 조심하고 조심할 뿐이었다.

대성실업에서 담당자가 왔을 때 오열은 그들과 이야기를 하지 않고 오총명에게 다가갔다.

"어쩐 일이십니까?"

"이야기를 좀 했으면 좋겠군요. 눈치도 빠르신 분 같고 해서 제가 조금 마음이 놓이기는 하지만……."

오열은 말을 끊고 오총명을 노려보았다.

오열의 살기가 섬광처럼 날아가 꽂혔다.

오총명은 입술을 질끈 깨물고 최대한 조심스럽게 대답했다.

상대는 메탈사이퍼 150명을 죽인 그자일 가능성이 높았다.

그렇지만 확신은 할 수 없었다. 외모가 너무 바뀌었기 때문이다.

"저는… 아는 바가 없습니다."

"그러시다면……. 아참, 대성실업이야 몬스터 사체를 다음에도 구할 수 있겠지만 저는 당분간 사냥이 곤란합니다. 그래서 나머지 몬스터를 제게 파셨으면 합니다. 몬스터 사체야 2층 사냥이 시작되면 당장 내일도 구입이 가능하지 않습니까?"

"하하, 물론입니다. 그러면 대금 결제는……."

"오늘 제가 잡은 마정석의 대금이 더 크겠죠?"

"하하, 그렇습니다. 그러면 그것을 제하고 송금하면 되겠군요."

"그렇게 해주세요."

오열의 말투가 부드러워지자 오총명은 몰래 안도의 한숨을 내쉬었다.

상대는 거의 광기에 미친 전사와 같은 자였다.

그러니 150명이나 죽이지.

아무나 그런 짓을 하지 못한다.

아무리 원한이 깊어 상대를 죽이고 싶어도 쉽게 죽이지 못하는 게 사람이다.

그런데 한 사람도 아니고 150명을 떼로 몰살시킨 장본인이 앞에 있자 그는 절로 등에 땀이 났다.

오열은 대성실업이 얼린 열두 마리의 몬스터를 받아서 챙겼다.

이 모든 일이 은밀하게 이루어졌기에 아무도 몰랐다.

김인옥은 오늘 있었던 던전의 모든 보고를 받았다.

그는 대성실업의 오너다.

그래서 오늘 얻은 몬스터가 얼마나 하는지 궁금했다.

물론 가장 돈이 되는 것은 마정석 거래다.

그러나 몬스터 사체도 특정 에너지가 있다면 꽤나 돈이 된다.

그런데 오늘 구입한 몬스터가 0이다.

이상했다.

그는 즉시 오총명을 소환했다.

"어떻게 된 것인가?"

"……"

"오늘 몬스터의 사체 구입이 한 마리도 없어서 이상하게 생각하고 있었네."

"어쩔 수 없이 넘겼습니다."

"누구에게?"

"……"

"말을 해보게. 왜 말을 안 해?"

"그냥 아는 사람이 있어서 넘겼습니다. 절대로 제 개인의 착복은 없습니다."

"혹시……?"

김인옥의 말에 오총명의 눈빛이 흔들렸다.

"혹시 그가 팔라고 했는가?"

김인옥의 말에 오총명은 아무 말도 하지 않았지만 김인옥은 그의 태도만으로 상대가 누군지 알아차렸다.

괜히 거대 길드의 마스터가 아니다.

"그렇지. 그 미친놈이 자살할 리가 없지. 잘했네. 그런데 못 알아볼 정도로 변했나?"

오총명의 눈이 깜박거렸다.

그것으로 되었다.

김인옥이 그를 신뢰하는 것도 이런 우직함과 위기 대처 능력 때문이다.

자신이 부리는 사람이 가진 장점을 가지고 야단을 칠 수는 없었다.

그렇게 하는 사람은 어리석은 리더다.

오총명은 원래 이렇게 생겨먹은 사람이었다.

그러니 그것을 적절하게 사용하는 것은 결국 오너가 할 일이다.

그는 오총명을 내보내고 희미하게 웃었다.

결국 자신의 생각이 맞아떨어진 것이다.

150명을 몰살시킬 정도로 유능한 연금술사라면 절대로 정부가 포기하지 않을 것이다.

깨진 놈도 잘한 것은 없다.

상대는 다른 길드도 아닌 붉은 늑대가 아닌가!

'흠, 제2던전도 그렇고 이번 수색 던전도 내 생각이 맞아떨어졌군. 예민한 곳에는 오총명이 가장 적임자지. 만약 그가 아니었다면 작살나는 것은 붉은 늑대가 아니라 우리 가디언스가 될 수도 있었어.'

김인옥은 쿠바산 시거를 꺼내 들고 비릿한 웃음을 지었다.

그 미친놈은 건들지만 않으면 괜찮다고 했으니 오히려 던전 사냥은 안전하게 될 확률이 높았다.

인생은 바람이 부는 방향을 보고 돛을 어떻게 올리느냐에 따라 달라진다.

바람은 항상 불고 사건은 늘 있지만 그것에 대처하는 인간의 선택이 다를 뿐이다.

그는 시거를 물고 행복한 미소를 지었다.

오늘따라 시거의 맛이 너무나 좋았다.

*   *   *

오열은 연금술 실험실에 내려와 가방에서 몬스터를 꺼냈다.

아직 이름도 지어지지 않은 몬스터의 사체를 보며 오열은 피식 웃었다.

가디언스 길드의 오총명 부길마가 자신을 알아본 것은 의외였다.

돌아와 곰곰이 생각해 보니 얼굴은 많이 변하였지만 말투, 억양, 행동은 전혀 변하지 않았다.

아무리 그렇다 하더라도 오총명이 성형을 한 자신의 얼굴을 단번에 알아보았다는 것은 애초부터 자살을 했다는 정부의 발표를 전혀 믿지 않았다는 것이다.

오열은 오랜만에 사냥을 했지만 마음이 바빴다.

이제는 PMC와 행정기관과 협상을 해야 한다.

더 미룰 수가 없었다.

아만다가 지구로 온다면 그녀의 신분을 세탁해야 하는데 이는 PMC의 허락이나 동조, 그것이 아니면 방조라도 있어야 가능하다.

왜냐하면 포탈 자체를 PMC가 관리하기 때문이다.

'힘들군. 그래도 이철수 대령이 별문제 없을 것이라고 했으니 불가능하지는 않겠지. 점점 계약서가 새로운 잉크 자국으로 지저분해지겠군.'

오열은 바닥에 널려 있는 몬스터를 발로 툭 차고는 주위를 둘러보았다.

무수한 실험 재료가 빼곡히 쌓여 있다.

그러고 보니 실험을 한동안 하지 않은 것이 생각났다.

마취제를 만든 것 외에는 실험을 하지 않았다.

뉴비드 행성에서 브로도스에게 연금술을 배우면서 잠시 실험한 것이 전부였다.

'어떻게 한다?'

지금은 더 많은 화약과 마취제, 그리고 몬스터용 무기를 만들어야 했다.

몬스터가 강해져서 메탈사이퍼들이 갈수록 사냥하기 힘들어졌다.

오늘도 뉴비드 행성에 가야 하지만 많이 피곤했다.

변화된 육체는 어지간한 일에는 쉽게 지치지 않게 해주었지만 요즘은 정신을 써야 할 데가 많아 조금만 움직여도 힘들었다.

의식을 하지 않으려고 해도 그동안 스트레스를 많이 받았던 모양이다.

아만다가 지구로 오는 것이 기쁘면서도 한편으로는 걱정이 많이 된다.

지금까지의 포탈이 모두 성공했다고 이번에도 꼭 성공한다는 보장은 없으니까.

"잘될 거야! 잘되고 말 거야!"

오열은 버럭 소리를 질렀다. 그러자 마음이 한결 편해졌다.

몬스터 사체를 도축하고 성분검사를 하기 위해 기계를 돌렸다.

비이커에 담긴 몬스터의 잔해물이 계측기에 들어가면서 주요 성분이 분석되고 있다.

이 작업을 하고 나면 연금술사가 어떻게 작업을 할 것인가가 결정 난다.

특별한 성분이 없으면 대부분 생명력을 뽑아서 보관하다가 이를 카오스에너지나 다른 연금술 재료를 만들 때 변용한다.

몬스터의 생명력을 뽑아내는 것은 몬스터가 가지고 있는 주요 성분을 중심으로 압착하는 것이다.

몬스터에게서 나오는 부산물을 용매제에 넣어 녹여 생명력 에너지로 뽑아내는 것이다.

이렇게 생명력으로 뽑아두면 다양한 용도로 사용이 가능한데 효율성은 그다지 좋지 않았다.

메탈드워프처럼 직접 카오스에너지를 뽑으면 좋지만 연금술사는 카오스에너지를 보관할 수 있는 시설이나 장비가 없다.

삐이삐이.

분석이 끝나자 성분분석표가 나왔다.

"어라? 네트가 나왔네?"

네트는 몬스터 부산물에서는 굉장히 적게 나오는 희귀 물질로 이것이 있으면 화약이나 마취제를 만들기가 상당히 용이하다.

연금술사에게는 금보다 더 좋은 물질이다.

에너지스톤이 증폭의 효과가 있다면 이 네트는 어떠한 성분을 혼합해도 안정적이게 만들어준다.

즉 화약과 마취제는 양립할 수 없는데 이 네트를 넣으면 그게 가능해진다.

네트는 모든 물체에 담긴 에너지를 그대로 보존하게 해주고 서로 다른 에너지의 반발을 무마시켜 준다.

물론 이 네트가 있다고 모든 혼합물을 한꺼번에 넣어 만들 수 있는 것은 아니다.

화약과 마취제가 공존할 수 있도록 해주지만 효율성을 놓고 볼 때에는 별로 좋은 방법이 아니다.

몬스터에게 마취가 통하면 화약이 필요 없게 되기 때문이다.

또한 화약이 폭발하는 과정에서 다수의 다른 성분이 날아갈 수도 있다.

그래서 연금술에서는 각 성분의 상생이 굉장히 중요하다.

어쨌든 연금술사에게는 황금으로 불리는 것이 바로 이 네트다.

"후후, 이거 굉장한데."

오열은 이 네트의 성분이 몬스터의 가죽에 몰려 있음을 밝혀내고 기분이 좋았다.

오늘 횡재를 한 것이다.

몬스터의 가죽을 바라보았다.

회색빛의 가죽이 불빛 아래서 은빛 갈치처럼 반짝였다.

그 부드러운 색상을 보자 갑자기 이렇게 부드럽고 얇은 가죽이 어떻게 그렇게 강할 수 있는지가 궁금해졌다. 가죽이 마치 무쇠 같았던 것이다.

'그런데 몬스터는 어떻게 생체에너지를 만드는 것이지?'

몬스터가 죽으면 그렇게 강하던 가죽이 평범해진다.

이 몬스터의 가죽도 살아 있을 때에는 에너지소드에도 끄떡없었다.

하지만 죽으니 도축용 단검에도 쉽게 잘렸다.

'아, 몬스터에게 뭔가 있구나. 몬스터가 가지고 있는 에너지를 생체에너지로 변환해 주는 그 무엇이 있어. 그래서 재래식 무기가 가죽을 뚫지 못한 것이었어.'

오열은 눈을 감았다.

이 원리만 알아낸다면 인간도 강력한 방어막을 만들 수 있을지도 모른다.

그렇게 된다면 아다티움 아머의 HP 따위는 아무것도 아닐 수도 있게 된다.

문제는 메탈사이퍼의 놀라운 능력이 몬스터에게는 그다지 치명적이지 않다는 점이다.

이제까지 몬스터를 처치할 수 있었던 이유는 순전히 힐러라는 존재 때문이다.

힐러의 무한 힐질에 몬스터도 버티지 못하고 메탈사이퍼의 다굴에 죽어갔던 것이다.

'몬스터의 생체에너지가 어떻게 형성되는지를 알아야해.'

오열은 자신이 생각하고도 제법 그럴듯한 생각이라 기분 좋게 웃었다.

처음으로 오늘 자신이 연금술사라는 느낌이 들었다.

오열은 회색빛이 감도는 몬스터의 가죽만을 남겨놓고 나머지는 모두 생명력으로 만들어버렸다.

용매제를 넣고 펄펄 끓으면 중화제를 넣어 생명력이 따로 빠지기를 기다렸다.

생명력을 만드는 작업은 늘 하던 일이라 시간이 얼마 걸리지 않았다. 네트를 추출하는 작업만 내일로 미뤘다.

오열은 잠자리에 들면서 옆구리가 허전함을 느꼈다.

아바타가 아닌 현실에서 그녀를 보면 어떤 기분이 들까 생각하니 잠이 잘 오지 않았다.

오열은 머릿속으로 떠오르는 상념을 억지로 지우며 잠들었다.

눈을 뜨니 해가 중천에 떠올라 있다.

장준식에게 전화가 여러 번 왔으나 진동으로 해놓아 받지 못하고 잠이 들었다.

점심까지는 시간이 좀 남아 있어 오열은 가볍게 토스트를 하나 구워 먹었다.

커피에 토스트 하나로 만족하자니 뭔가 많이 허전했지만 지금 식사를 하면 저녁도 일찍 먹어야 되니 참기로 했다.

브런치를 먹으며 창밖을 바라보니 투명한 햇살이 눈처럼 내려왔다.

따뜻한 느낌이 들었다.

오늘은 PMC에 가봐야 한다.

아만다가 지구에 오면 한국 정부가 그녀를 위한 조취를 하지 않는다면 말짱 꽝이 되는 것이다.

아름다운 아만다의 얼굴을 생각하자 입가에 미소가 저절로 맺혔다.

현실에서 그녀를 보면 어떤 감정이 들까 생각하니 흥분이 되었다.

무기력하던 삶에 갑자기 엔도르핀이 솟구치는 것 같았다.

PMC에 가서 담당자를 만나려다가 포기하고 장일성 소장을 만나기로 했다.

모든 일은 두목을 만나서 이야기해야 쉬워진다. 그런데 의외로 면담은 쉽게 이루어졌다.

"하하하, 어서 오게."

"안녕하십니까?"

"어서 앉게. 차는 뭐로 하겠는가? 커피, 녹차, 인삼차 다 있네."

"커피로 하겠습니다."

장일성 소장이 비서에게 차를 주문하고는 오열의 얼굴을 바라보았다.

"뭔가? 그렇게 얼굴 좀 보자고 할 때는 싫다고 하더니 오늘은 무슨 일로 이렇게 찾아왔는지 궁금하군."

오열은 장일성 소장의 말에 헛기침을 하며 차가 오기를 기다렸다.

비서가 커피를 가져 오자 오열은 뜨거운 커피를 마시며 장일성을 바라보았다. 그리고 천천히 입을 열었다.

"부탁이 있어서 왔습니다."

"뭔가?"

장일성이 오열을 흥미로운 눈빛으로 바라보았다.

"도와주실 일이 하나 있습니다."

"……?"

"같이 살고 싶은 여자가 하나 있습니다. 그런데 그녀는 뉴비드 행성 사람입니다."

"호오, 대단하군!"

장일성은 정말 감탄하는 표정이다.

오열은 그의 곁에 있는 잡지를 바라보았다.

표지에는 유명 정치인의 얼굴이 나와 있고 주된 기사의 내용도 비슷했다.

몬스터의 공격에 가장 힘들고 어려운 나날을 보내는 사람들은 바로 정치인이었다.

사람이 죽어나는데 예산안을 당장 늘릴 수 없기 때문에 욕이라는 욕은 다 먹고 있다.

그래서 조심스럽게 제기되고 있는 것이 추경예산의 편성이었다.

"그녀에게 저와 같은 새로운 신분을 주십시오."

"흐음, 그녀가 지구로 오려고 하는가?"

"네, 조만간 오게 될 것입니다."

"좋네. 못 도와줄 일도 없지. UN을 속이는 일이라 대가는 좀 클 것이네. 괜찮나?"

"물론입니다."

"이철 전하께서 요즘 몬스터 때문에 어려움을 겪고 있네. 자네가 도와주게."

"몇 달 동안 몬스터는 나타나지 않았습니다."

"그렇지. 하지만 언론과 야당에게 지난일, 즉 애벌레를 놓친 일이 노출되었네."

오열은 그가 집요하고 냉정한 사람이라는 것을 알고 있다.

그렇지만 그는 남을 속이거나 무리한 일을 강요하는 스타일의 사람은 또 아니었다.

이런 그의 성격 덕분에 여당의 의원이나 야당 의원도 그를 싫어하지는 않았다.

게다가 그는 유머러스했고 협상을 할 줄 아는 사람이었다.

그는 노련하게 협상을 해나갔다.

그는 오열이 원하는 것 이상을 해주기로 약속했다.

오열도 만족했다.

다소 과한 요구가 없는 것은 아니었지만 정부가 요구하는 것은 공짜가 아니었다.

다만 정부는 오열이 지금보다 더 적극적으로 몬스터를 상대해 주기를 원하고 있으며 뉴비드 행성에서의 자원 개발에도 지금보다 더 협조적으로 나오기를 원했다.

오열은 PMC의 건물을 나오면서 푸른 하늘을 바라보았다.

약간 귀찮은 일을 해야 하지만 모든 것이 만족스러웠다.

이제 아만다만 지구로 오면 되었다.

오후에 오열은 아바타에 접속하여 아만다를 만났다.

아만다는 오열이 나타나자마자 키스를 퍼붓고는 그를 침실로 이끌었다.

아만다가 적극적인 성격이긴 하지만 이렇게 노골적이지는 않아서 의아했지만 오열은 이런 분위기가 은근히 좋았다.

여자가 적극적으로 나오면 왠지 남자는 몸이 쉽게 달아오른다.

대부분의 남자는 자신이 좋아하는 여자의 유혹을 거부할 수 없다.

남자의 충동은 인간의 본능에 속하는 것이라 쉽게 몸이 뜨거워지기 때문이다.

"왜?"

키스를 하며 잠깐 쉬는 틈을 이용하여 아만다에게 물었다.

"아~ 몰라요."

오열은 뜨겁게 달아오른 아만다를 침대에 눕히고는 깊은 애무를 했다.

아만다가 흥분해 소리를 질렀지만 오열은 서두르지 않았다.

가슴을 애무할 때 '헉!' 하는 소리와 함께 아만다의 몸이 뒤로 휘어졌다.

"이걸 원해?"

"너무… 너무 원해요!"

오열의 귀에 아만다의 소리가 뜨거운 바람과 함께 몰려왔다.

오열도 후끈 달아올랐다.

늘 하는 섹스지만 오늘은 조금 달랐다.

이제 지구에서 함께할 수 있다는 생각 때문인지 이전과 달리 몸도 마음도 걷잡을 수 없을 정도로 뜨거워졌다.

오열과 아만다는 아무런 이유도 없이 왠지 다른 날과 다르게 더 깊고 뜨겁게 달아오르는 날이 있다.

이런 날에 하는 섹스는 유난히 여운이 길다.

사랑하는 사람에게 사랑받고 있다는 것을 느낄 때 호르몬

이 여자의 피부를 빛이 나게 만들어준다.

긍정의 에너지, 행복한 감정이 아주 오랫동안 유지된다.

아만다는 다른 날과 다르게 일찍 갔고 더 깊고 더 강한 섹스를 원했다.

아만다가 깊게 숨을 내쉬었다. 그녀가 내뱉은 공기 속에 깊은 만족감이 담겨 있다.

오열은 오늘 왜 이렇게 아만다가 서두를까, 평소와 다를까 궁금했다.

오열은 아만다의 머리를 손으로 쓰다듬으며 나른한 목소리로 물었다.

"오늘, 무슨 일 있었어?"

"몰라요. 오늘 왠지 당신이 왔으면 했어요. 어제부터 당신이 너무너무 보고 싶었어요. 그렇다고 당신하고 사랑을 나누고 싶다거나 한 것은 아니었는데 막상 당신이 나타나자 몸이 갑자기 뜨거워진 거예요. 나도 내가 왜 이런지 모르겠어요."

"다른 일은 없었고?"

"응."

아만다가 콧소리가 담긴 귀여운 목소리로 대답했다.

오열은 잠시 쉬다가 다시 아만다를 안았다.

*　　　*　　　*

아만다는 몇 달 동안 노톨리에스 영지로 부모님을 만나러 가기로 했다.

그 기간 동안 오열은 브로도스에게 연금술을 배우기로 했다.

그는 현실에서 해야 할 일이 많아 매일 접속할 수가 없었다.

그래서 노톨리에스 영지까지 가는 아만다를 따라가지 못했다.

대신에 이제는 익스퍼트 초급에 도달한 제프와 조이, 그리고 알렉스가 동행했다.

오열은 PMC와 협상이 되고 나서 아만다를 맞을 준비를 서둘렀다.

뉴비드 행성 사람인 그녀가 새로운 세계에 적응하는 것은 매우 어려운 일이다.

오열은 살고 있는 집을 수리하고 아만다가 사용할 가구와 생활용품을 주문했다.

그 때문에 오열은 몬스터 사냥에 자주 빠졌다.

그동안 몬스터가 도심 한가운데에 출몰하지 않아 어려운 일은 없었다.

장준식에게서 파티 사냥에 관해 상의할 일이 있다고 전화가 와서 오열은 오랜만에 일찍 사냥터로 나갔다.

상당히 이른 시간임에도 불구하고 대부분의 파티원이 도

착해 있었다.

"어서 와, 오열!"

"오열, 오랜만이야!"

사람들이 그를 반갑게 맞이했다.

오열도 가볍게 고개를 숙여 인사했다.

오열은 사냥할 때 특별히 튀는 행동을 하지 않았음에도 불구하고 그는 이미 특별한 사람 취급을 받고 있었다.

그는 파티원들과는 친하지도 그렇다고 불편하게 지내지도 않았다.

다만 여자들이 오열의 외모에 관심을 보였지만 그렇다고 겉으로 눈에 띄게 드러날 정도는 아니었다.

"일단 오전 사냥을 하고 나서 이야기하도록 하지."

장준식의 말에 오열이 고개를 끄덕였다.

오열이 주위를 둘러보니 나머지 사람들은 이미 이야기를 나눈 분위기가 감지되었다.

뭔가 있었지만 그렇다고 특별히 궁금하지는 않았다.

그의 관심은 오로지 아만다가 지구로 오는 일에 쏠려 있었다.

1층을 지나서 2층에 도착하니 이른 시간임에도 불구하고 이미 많은 사람이 몬스터 사냥을 하고 있었다.

거대 길드에서 24시간 동안 길드원들이 교대하면서 사냥을 하고 있는 것이다.

이런 사냥터를 작업방, 줄여서 작방이라고 한다.

작방을 돌린다고 해서 다른 길드와 문제가 생기거나 하지는 않는다.

하지만 24시간 돌아가는 팀이 많아질수록 사냥터가 적어지는 것은 필연적이었다.

아이러니하게도 이런 작방이 경제에 순기능을 한다.

고정적인 마정석과 몬스터 부산물이 나오는 것은 이렇게 24시간을 풀로 돌리는 거대 길드가 큰 역할을 했다.

은색의 피부를 가지고 있는 몬스터 베르니어는 강력한 체력을 가지고 있지만 사냥하기가 그다지 어렵지는 않았다.

2층 가장 앞쪽에 있는 몬스터로 목에 약점이 있다는 것이 알려진 후로는 어지간한 파티는 잡을 수 있었다.

다만 다른 몬스터를 사냥할 때보다 힐러가 더 많이 필요하기는 했다.

몬스터라 믿기 힘든 체력을 가지고 있기 때문이었다.

"오열, 그동안 왜 사냥에 뜸했어?"

베르니어를 잡고 나서 잠시 쉬는데 민충식이 물었다.

오열은 피식 웃으며 그를 바라보았다.

"그냥."

나이가 동갑이다 보니 이제는 서로 말을 편하게 하고 있는 사이인 둘은 서로 마주 보고 웃었다.

"장준식 리더가 길드를 만들고 싶어해."

"그래?"

오열은 묻지도 않았는데 민충식이 술술 이야기를 하였다.

민충식은 잘생긴 외모를 가졌다.

남자들이 봐도 제법 생긴 것 같기는 하지만 여자들이 보기에는 굉장히 잘생겼는가 보다.

그가 장난기가 많고 말을 조금 함부로 하는 경향이 있음에도 여자들이 그렇게 싫어하는 눈치가 아닌 것을 보면 말이다.

오전에만 세 마리의 몬스터를 잡고 점심을 먹었다.

호텔에 주문한 도시락이라 맛있었다.

특히나 후식으로 나온 신선한 핸드드립 커피는 정말 좋았다.

오열은 맛있는 도시락과 커피를 마시는 이런 것 때문에라도 사냥할 맛이 났다.

몬스터 사냥은 원활하게 된다고 하더라도 사실 엄청 힘든 노가다다.

몬스터는 위험하고 사나워서 한시도 방심할 수 없다.

그렇게 하루 종일 사냥을 하면 저녁에는 굉장히 힘들다.

그러니 이런 점심과 막간을 이용해서 먹는 새참은 꿀맛이다.

고정 파티가 좋은 것이 이런 세세한 배려가 있다는 점이다.

길드를 만드는 일은 결코 쉽지가 않다.

실력도 실력이지만 결국은 사람 싸움이다.

작은 길드가 던전에 진출하지 못하는 이유는 길드원의 숫자가 안 되기 때문이다.

오열이 참가하는 이 파티는 개개인이 모두 굉장히 뛰어난 실력을 소유한 사람들이다.

PMC가 탐을 내어 차출한 이들이다.

그러니 21명이라는 적은 숫자로도 던전 사냥이 가능한 것이다.

그런데 불과 몇 달 만에 파티원은 대부분 장비를 교체하였다.

무기야 아직 바꾼 사람이 없지만 방어구가 바뀐 것은 고무적인 일이다.

그만큼 던전에서 사냥이 돈이 된다는 말이다.

장준식을 비롯해서 파티원들이 착용한 장비는 이번에 새로 만들어진 DM나이트아머로 이전의 모델보다 날렵한 이미지를 가지고 있다.

디자인도 상당히 멋있어 이 장비를 착용하고 지나가면 다른 메탈사이퍼들이 뒤돌아볼 정도이다.

또 DM나이트의 HP는 145,000나 된다. 한마디로 이전과는 전혀 다른 모델의 장비였다.

정부가 특소세 면제와 메탈드워프들이 수고비를 기존보다 적게 받아서 싸게 구입할 수 있었지만 아머의 가격이 무려 210억이 넘는다.

이는 뉴비드 행성의 모나베라 광석이 들어갔기 때문에 그렇다.

모나베라 광석은 모나베헴 합금을 만들 때 들어가는데 광석의 희귀성 때문에 가격이 높아졌다.

또한 광물을 지구로 가져오는 포탈비가 비싸다 보니 아머의 가격이 자연 높아질 수밖에 없었다.

이렇게 만들어진 아머의 방어율은 기존의 아머보다 두 배 정도 좋았다. 특히나 뽀대 나는 게 비교가 안 될 정도로 멋졌다.

오열은 달라진 파티원들의 장비를 보면서 몬스터 사냥이 확실히 돈이 된다는 것을 깨달았다.

1층과 2층에서 사냥을 그렇게 오래 한 것도 아니었는데도 방어구를 바꿀 정도라면 거의 돈을 긁어모으는 것이다.

오열이 뉴비드 행성에서 1년 4개월 죽으라고 땅을 파서 번 돈이 200억 내외라는 것을 생각하면 던전 사냥은 거의 노다지를 캐는 것이다.

대부분 던전 사냥이 시작된 초기에 진출한 파티가 가장 많은 돈을 벌게 된다.

나중에 다른 파티가 본격적으로 진출하게 되면 사냥할 몬스터들이 없어지기 때문이다.

사실 2층도 1층이 포화상태가 되어서 올라온 것 아닌가.

"길드라……. 뭐, 나쁘지 않네."

오열의 말을 들은 민충식이 피식 웃었다.

길드는 모든 메탈사이퍼의 소망이다.

길드는 강력한 구속력을 가지고 있어 길드원에게 무슨 문제가 벌어졌을 때 보호를 받을 수 있게 해준다.

거대 길드는 정부와 직접 교섭을 하거나 로펌과 제휴가 되어 있어 법률적인 도움을 받을 수도 있다.

뿐만 아니라 길드에 가입하면 안정적인 사냥이 가능해져 수입이 비약적으로 늘어나게 된다.

이런 이유로 메탈사이퍼들은 길드에 들어가기를 원한다.

하지만 명성이 있는 길드나 거대 길드는 아무나 받아주지 않는다.

특히나 사고를 쳐서 강제로 PMC와 계약을 하게 된 이들의 입장에서는 길드는 그림의 떡이었다.

오열이 커피를 거의 다 마셔갈 때 장준식이 그의 곁으로 다가왔다.

"오열, 이야기를 했으면 좋겠는데."

"해."

"난 우리 파티가 지금보다는 조금 더 구속력을 가졌으면 해. 우리 모두 좋아서 PMC의 일을 하는 것은 아니잖아? 물론 그중에는 좋아서 하는 이도 분명 있어. 용의 기사단 구성원들은 서로 다른 사연을 가져서 일반적인 길드에서는 활동하기가 힘들어. 그래서 우리가 길드를 하나 만들었으면 좋겠어.

네 생각은 어때?"

"나쁘지 않네. 해."

"넌 어때? 가입할 생각인가?"

"구속이 너무 심하지 않다면 나쁘지 않지. 그런데 왜 길드를 만들려고 하는 것이지?"

"특별한 생각은 없어. 다만 스물한 명으로만 사냥하다 보니 파티원이 매일 사냥을 하게 되잖아. 특히 힐러진들이 하루도 쉬지를 못해. 이번에야 장비를 교체하느라 어쩔 수 없었지만 우리 대부분 피로가 누적되고 있어. 그렇다고 오래 사냥터를 비우면 다른 파티가 그 자리를 차지하게 되겠지. 그러면 우리는 또 다른 던전을 찾아야 하는데 그게 쉬운 일은 아니잖아?"

오열은 장준식의 말에 고개를 끄덕였다.

충분히 이해가 갔다.

자신이야 개인적인 일이 바빠서 파티 사냥에 불참한 날이 많았지만 장비를 구매해야 하는 다른 파티원들은 사냥하기 싫어도 나와서 해야 했을 것이다.

그의 말을 듣고 보니 모두 옳은 말이었다.

사냥터의 난이도가 높아질수록 지금의 숫자로는 터무니없는 상황도 오게 될 것이다.

"그럼 어떻게 하려고?"

"일단 같은 용의 기사단에서 길드 가입 희망자를 뽑았으면 해. 아무래도 그들은 실력이 있고 함께 전술 훈련도 마쳐서 우리와 손발을 맞추는 것이 쉬울 것 같아."

"그렇군. 잘해봐."

"그래서 하는 말인데, 네가 길드마스터를 맡아줬으면 해."

"뭐?"

오열은 의아한 얼굴로 장준식을 바라보았다.

힘들게 밥상을 차려서 남에게 준다는 말이었다.

오열도 이제는 길드마스터가 얼마나 좋은지 알고 있다.

중형 길드만 해도 회사를 하나 차릴 수 있을 정도다.

기업을 경영하게 되면 온갖 혜택이 따라온다.

물론 회사를 운영한다고 하더라도 이들은 전문적인 지식이 없어 몬스터 유통업이나 몬스터 가공업을 하는 정도지만 그것만으로 1년에 수백억에서 수천억의 수입이 나온다.

한마디로 가만히 있어도 돈이 나오는 자리다.

"네가 하지 왜 나를?"

"네가 우리 파티에서 가장 강하잖아."

"길드마스터가 가장 강한 사람이 하는 것은 아니잖아?"

"거대 길드와 맞서려면 가장 강한 사람이 길마가 되는 것이 가장 이상적이야."

"글쎄, 나쁘지는 않은데 생각 좀 해봐야겠는데? 그리고 난 길드 운영에는 그다지 관심도 없고 말이야."

"그래서 하는 말인데, 기존의 길드와 다른 형태로 운영하면 어떨까 하고."

"어떻게?"

"길드 자체를 지주회사 방식으로 운영하는 것이지. 그리고 길드원들이 모두 주주가 되어 길드를 운영하는 데 의견을 내고 또 그것을 실천하는 것 말이야."

"흠, 뭐 나쁘지는 않네."

오열은 순식간에 감을 잡았다.

장준식은 길드에 특별히 욕심은 없지만 그렇다고 아주 관심이 없는 것도 아니었다.

공헌한 만큼 이익이 돌아가게 만드는 것은 그다지 나쁘지 않았다.

주주가 되려면 투자를 해야 한다.

돈이든 노동이든 제공해야 한다. 그리고 제공된 것을 통해 길드는 이윤을 남긴다.

오열은 왜 거대 길드가 던전을 관리하려고 하는지 생각해 보았다.

명예를 위해서는 절대 아니었다.

이익이 되기 때문이다.

던전을 관리하면 귀찮은 일이 많이 발생할 수도 있다.

하지만 그런 수고에 비해 돌아오는 이익이 훨씬 컸다.

대부분 던전을 관리하는 길드에서 몬스터의 마정석과 부산물을 처리한다.

물론 관련된 회사가 나와 계약을 하지만 그 회사가 대부분 길드나 길드마스터와 직간접적으로 연관이 되어 있다.

'길드라……'

나쁘지 않았다.

눈치를 보니 장준식이 길드 운영에 참여할 의사가 분명해 보였다.

그러니 지주회사니 주주 중심이니 하는 말을 하는 것이다.

오열이 명목상의 길마가 되어도 합법적인 방법으로 자신의 몫을 가져가겠다는 것이다.

'일단 승낙을 하자. 길마가 되는 것은 매력적인 제안이야. 나중에 하기 싫으면 다른 사람에게 길마자리를 내주면 돼. 하지만 지금 거절하면 다시는 길마가 될 기회가 없어져. 지금이야 내가 필요하지만 길드가 커지면 또 이야기가 달라지겠지.'

오열은 장준식의 제안을 받아들여도 될 것이라고 생각했다.

그가 제안한 방식이라면 길마는 누가 되더라도 그다지 문제는 없어 보였다.

오열은 거대 길드와 분쟁이 생긴 후 쪽수의 힘을 절실하게 느꼈다.

사실 그가 살 수 있었던 것도 순전히 아다티움아머의 무지막지한 방어력 때문이다.

일반 아머를 착용했더라면 이미 죽었을 것이다.

조직의 힘.

개인은 조직을 이기기 힘들다.

흔히 계란으로 바위 치기라는 말이 있듯 개인은 거대한 조직과 싸워 이기는 것은 거의 불가능에 가까운 일이다.

또 설혹 이긴다고 하더라도 그때는 상처투성이가 되어버려 승리의 기쁨을 누릴 시간도 가지지 못하게 되는 경우가 허다하다.

오열은 오후에도 네 마리의 몬스터를 잡고 집으로 돌아왔다.

오는 내내 길드라는 단어가 그의 머리를 떠나지 않았다.

그도 처음엔 길드에 들어가기를 원했다.

길드에 가입만 할 수 있었다면 연금술사라는 핸디캡을 가졌어도 사냥을 하는 것 자체는 그다지 어렵지가 않다.

그리고 길드 가입 자체는 모든 메탈사이퍼의 관심거리이기도 했다.

'괜찮네.'

길드마스터가 되면 매일 사냥을 하지 않아도 일정한 지분을 가질 수 있어 돈이 나온다.

가장 좋은 것이 길드마스터가 되어 작게나마 회사를 차리는 것이다.

그곳에서 몬스터 부산물을 매입해서 되파는 일만 해도 1년에 수백억 원이 생긴다.

오열이 길드마스터에 호의적인 생각을 가지게 되는 이유는 아만다가 지구에 도착하게 되면 아바타를 접속하여 뉴비드 행성에서 광물을 얻기 위해 또 땅굴을 파야 하기 때문이다.

아무리 그라도 지금의 형태라면 장기간 파티 사냥에 빠져 곤란한 상황에 부딪칠 것이다.

게다가 장준식의 말대로 지금의 숫자로는 2층을 사냥하는 데 버겁다.

자리를 놓치지 않기 위해, 또 장비를 마련하기 위해 몇 달 동안 하루도 거르지 않고 사냥했다면 피로도가 장난이 아닐 것이다.

오열은 피식 웃었다.

주는데 안 먹으면 바보다.

장준식에게는 생각해 본다고 했지만 집으로 오는 내내 길드마스터라는 단어가 그의 머리를 떠나지 않았었다.

'일단 주는 것은 받고 뭐하면 장준식에게 도로 넘기면 되겠지.'

오열은 가디언스 길드가 자신을 어려워한다는 사실을 깨닫고 길마를 맡아도 좋을 것이라는 생각이 들었다.

일단 지금 사냥을 하는 던전에서는 문제될 것이 없어 보였다.

'그래, 가는 거야!'

오열은 고개를 끄덕이며 사악한 미소를 지었다.

3장

더 나이트 길드

길드를 만드는 것은 생각보다 쉽지 않았다.

어느 누구라도 새로운 길드를 만들려면 PMC에 서류를 제출하여 통과되어야 한다.

정부의 길드 허가는 쉽게 나기는 하지만 PMC로부터 길드 운영에 대한 교육을 따로 받아야 한다.

뿐만 아니라 길드에 대한 정부의 보조 지원금을 받는 방법과 길드의 의무 사항을 잘 알아놔야 나중에 문제가 안 생긴다.

정부의 길드 보조금은 가입된 길드원의 숫자에 따라 3년 동안 꽤 많은 돈이 나온다.

따라서 길드를 만들려고 하는 사람이 과거에는 상당히 많았지만 지금은 그렇지가 않았다.

새로 만들어진 길드라도 하더라도 던전 사냥을 하지 못하게 되면 길드를 유지하기도 어려워진다.

기존에 가입한 길드원들이 쉽게 탈퇴를 하기 때문이다.

그래서 정부가 길드 보조금을 대주어도 길드를 유지기가 힘들다.

사람들은 좋은 길드, 조금이라도 더 큰 길드에 들어가려고 하지 어중간한 길드는 쳐다보지도 않는다.

이는 오열도 마찬가지였다.

정부가 지원해 주는 이런 각종 지원 혜택을 악용할 소지가 있기에 길드를 해체하게 되면 5년간 해당 간부진은 어떠한 길드도 만들지 못하게 된다.

하지만 다른 길드에 가입하는 것은 자유롭다.

정부가 이렇게 군소 길드를 지원해 주려는 이유는 메탈사이퍼들의 활동을 활성화하려는 목적과 함께 거대 길드의 독과점을 막으려는 의도도 있다.

길드를 만드는 일은 예상외로 빠르게 진행되었다.

명목상 길드마스터는 오열이 되었지만 실제로 일을 하는 것은 부길마인 장준식이었다.

스물한 명밖에 안 되던 파티원이 길드가 만들어지면서 순식간에 쉰둘로 늘었다.

최고의 던전에서 사냥을 하는 파티가 길드를 만들면서 그 구성원을 뽑으니 소규모 길드임에도 사람들이 몰렸던 것이다.

그리고 그 대부분의 길드원은 '용의 기사단'의 요원이거나 그들이 추천한 친구들이라 신구 길드원들끼리 화합하는 것은 문제가 없었다.

오열은 명목상으로 길드마스터가 되자 이전보다 더 적극적으로 파티 사냥에 임해야 했다.

그리고 더 많은 마취제를 만들고 화약을 제조했다.

예전에야 문제가 생기면 혼자 몸을 피하면 되었지만 길드마스터가 그럴 수 없기에 실험실의 창고에 쌓여 있는 재료들을 꺼내 무기를 만들었다.

그리고 최근에 브로도스에게 전수받은 연금술로 강력한 수면제를 만들었다.

이것이 왜 강력한 무기가 될 수 있느냐 하면 범위 공격이 가능하기 때문이다.

한편으로는 네트를 이용하여 마취제와 수면제를 섞어버렸다.

이것 역시 범위 공격이 가능하였다.

수면에 빠진 몬스터들의 특징은 마취제의 마비가 더 강력해졌을 뿐만 아니라 몬스터가 혼란에 빠져 제대로 메탈사이퍼들을 공격하지 못했다.

2층에서 사냥하면서 네트의 안정적인 보급이 가능해졌다.

이는 이전과는 다른 강력한 무기를 만들 수 있게 되면서 오열은 던전 사냥에 강한 자신감을 가지게 되었다.

아무리 몬스터가 강하면 뭐하겠는가?

마취제에 마비되어 움직이지도 못하고 거기에 강력한 수면까지 빠지면 메탈사이퍼들의 밥이 될 뿐이다.

오열은 실험실에 가득 쌓인 무기들을 보며 미소를 지었다.

이제는 이것만 있으면 어지간한 몬스터는 한 방에 마비시킬 수 있게 된 것이다.

*   *   *

김인옥은 당혹스러웠다.

오총명의 보고에 의하면 오열이 속한 파티가 길드를 만들고 있다는 것이다.

오열이 한 길드의 마스터가 된단다.

'흠, 쉽지 않네, 쉽지 않아. 개인이었을 때와 길드의 대표는 전혀 차원이 다르지.'

김인옥이 이렇게 신경을 쓰는 이유는 앞으로 길드 간의 마찰이 일어날 수가 있기 때문이다.

어떠한 길드라도 소속 길드원들을 관리해야 하는데 이를 위해서는 광범위한 사냥터가 필요하게 된다.

또한 길드마스터는 몬스터 부산물에 관여하는 회사를 차릴 수도 있다.

이렇게 되면 몬스터 사냥뿐만 아니라 몬스터 부산물의 유통·가공 분야에서도 부딪칠 우려가 있다.

그는 삼나무로 만든 상자를 열어 쿠바산 시가를 꺼내 불을 붙였다.

한 모금 깊이 빨아들이자 정신이 몽롱해지며 묘한 안정이 찾아왔다.

스파이시한 향을 가진 연기가 몸속에 들어오자 니코틴이 순식간에 몸을 점령했다.

몸이 순간 나른해졌다. 시가의 짙은 향기와 부드러운 맛이 그를 걱정과 흥분에서 지켜주었다.

"그러나 상대는 미친놈이야. 앞으로 그 녀석이 어떻게 변할지 모르니 계속 지켜봐야겠지."

김인옥은 나지막하게 한숨을 내쉬었다.

합리적인 성격에 명예를 존중하는 성품을 가진 그는 다른 중소 길드를 힘으로 압박하거나 제압하지 않았다.

그래서 가디언스 길드에 대한 세간의 평가는 상당히 좋은 편이었다.

김인옥이 가장 걱정하는 것은 오열이 만든 길드가 던전을 관리하겠다고 나설 때였다.

그런 경우는 아무리 상대가 강해도 절대로 물러설 수 없었다. 만약 그런 일이 벌어졌을 경우 물러서면 길드의 문을 내려야 한다.

한번 밀리기 시작하면 다른 길드들이 우습게 여기고 끊임없이 도전하게 된다.

PMC가 길드 간의 분쟁을 강력하게 통제하고 있지만 충돌은 언제나 항상 있어왔다.

그리고 이런 충돌은 정부가 알아차리게 전에 끝나는 경우가 태반이었다.

그는 이찬혁 부길마 겸 전략기획팀장을 불러 이 일에 대해 의견을 들었다.

"그러니까 오히려 적극적으로 그에게 도움을 주란 말이지?"

"네, 길드장님. 그 이오열이라는 자는 독특한 성격을 가지고 있다고 하지 않으셨습니까? 건들지 않으면 아무런 문제도 일으키지 않는데 군이 멀리할 필요가 있습니까? 오히려 친목을 쌓아두면 나중에 도움이 될 것입니다. 메리앙 길드와도 잘 지낸다고 하니 군이 우리 길드와 나쁘게 지낼 이유는 없는 것이죠."

"흠, 괜찮은 생각이네. 오총명에게 그렇게 지시를 내리고 그 오열이라는 자와 잘 지내라고 해."

"알겠습니다, 길드장님."

이찬혁이 방을 나가자 김인옥은 물끄러미 창밖으로 빠르

게 지나가는 사람들과 차를 바라보았다.

문득 자신이 너무 바빠 세상이 어떻게 돌아가는지를 놓치고 있다는 것을 깨달았다.

은빛 재떨이에 아직도 시가가 타고 있다.

그는 시가를 피우는 것도 좋아했지만 이렇게 시가 타는 냄새를 더 좋아했다.

아로마 향이 나는 시가가 그 특유의 타는 독특한 냄새와 결합되면 기분 좋은 향이 난다.

그는 이 향기만 맡아도 심신이 안정되곤 했다.

김인옥은 눈을 감았다.

어차피 수색에 있는 제7던전은 규모가 커서 많은 몬스터 사냥꾼을 수용할 수 있다.

하지만 그렇게 되면 문제는 계속해서 더 강한 몬스터를 상대해 나가야 한다는 점이다.

1층과 2층 입구의 몬스터는 조금씩 포화 상태가 되어가고 있었다.

이제는 인위적으로 통제하거나 아니면 2층 더 깊숙이 진출해야 한다.

'어떻게 한다?'

신규 파티를 규제하면 나쁜 소문이 난다.

하지만 통제를 하지 않으면 사냥의 효율성이 급격하게 떨어진다.

이런 고민은 던전을 관리하고 있는 대형 길드라면 누구나 하는 문제였다.

* * *

오열은 그 시간 PMC의 포탈센터로 가서 뉴비드 행성에서 오게 될 아만다의 포탈에 관해 이야기를 나눴다.

정부도 이번 포탈에 신경을 많이 쓰고 있는 것이 느껴질 정도로 친절하게 오열에게 설명을 해주었다.

"3일 후에 포탈이 가능할 것입니다. 지니어스23호에 있는 우리의 포탈팀도 만반의 준비를 하고 있습니다. 지금까지 한 번도 실패를 하지 않았으니 걱정하지 않으셔도 될 것 같습니다."

남우열 포털센터 원장이 오열을 보며 말했다.

오열은 그의 말처럼 괜한 걱정을 하지 않기를 원했지만 얼마 전부터 그것이 잘 되지 않았다.

잠도 잘 오지 않았고 긴장이 되어 일을 하는데 집중이 되지 않았다.

"꼭 부탁드립니다. 필요한 에너지스톤은 모두 드리겠습니다."

남우열은 오열의 말에 반가운 표정을 지으며 고개를 끄덕였다.

생명체를 옮기는 일은 많은 에너지를 잡아먹는다.

그것은 어쩔 수 없는 일이었다.

물건이라면 분실이 되어도 손해를 감수하면 그만이지만 인간의 생명은 그게 아니니까.

"이곳에 도착하면 실험자에 대한 메디컬 진단이 시작됩니다. 정밀한 조사를 위해 3—4일 정도 입원해야 합니다. 일차로 다른 행성에서 오기에 감염에 대한 조사가 있을 것입니다. 이 과정에서 여성분의 건강검진도 하게 됩니다. 그리고 이번에 오는 여성분의 새로운 신분은 걱정하지 않아도 될 것입니다. 행정부가 나서서 새로운 신분증을 만들어주기로 했습니다."

오열은 침을 꼴깍 삼키며 남우열의 말을 들었다.

오열은 아만다가 무사히 도착하기를 날마다 초조하게 기다렸다.

요즘은 몬스터 사냥도 제대로 나갈 수 없었다.

길드마스터가 되고서 길드 일에 소홀히 하는 그에 대한 불평이 나왔지만 곧 없어졌다.

길드마스터가 없다고 길드가 안 돌아가는 것이 아니었고, 길드의 대부분의 일을 장준식이 했기 때문이다.

또한 새롭게 길드에 가입한 30여 명의 사람 때문에 기존의 파티 사냥팀은 여유를 가질 수 있게 되었다.

무엇보다 힐러들의 가입이 고무적이었다.

드디어 기다리던 날이 되었다.

오열은 PMC로부터 아만다가 포탈에 성공했다는 이야기를 듣기 전까지는 숨도 제대로 쉬지 못할 정도로 걱정했다.

"휴우, 다행이야!"

이제 3일 후면 아만다를 만날 수 있게 될 것이다.

무사하다는 말을 들으니 몸이 휘청해져 쓰러질 뻔했다.

순간적으로 긴장이 풀려 다리의 힘이 빠졌기 때문이다.

아만다가 무사히 도착했다는 소식을 듣고 나니 무척이나 기뻤다.

눈물이 나왔다.

아주 어릴 때부터 자신을 좋아해 준 그녀가 이제 지구에서 같이 살 수 있게 됐다는 것이 중요했다.

아바타가 아니라 본체로 그녀를 볼 수 있게 된다는 것은 말할 수 없이 기쁜 일이었다.

오열은 저절로 눈이 감겼다.

피곤한 것도 있었지만 졸리기도 했다.

눈을 감고 조용히 아만다를 생각하는 것만으로도 좋았다.

앞으로 그녀와 같이 살면 어떨까 많은 상상을 했다.

아바타가 아닌 본체로 그녀를 만지면 어떨까 하는 상상도.

오열은 이런저런 상상을 하다가 퍼뜩 생각난 것이 있었다.

"젠장, 망했다."

오열은 아만다가 자신의 바뀐 얼굴을 알지 못한다는 사실이 비로소 생각난 것이다.

어떻게 이렇게 중요한 내용을 그녀에게 말해주지 않았을까.

아무리 생각해도 자신이 이해가 되지 않았다.

또 얼마나 많은 시간을 설득해야 아만다가 자신의 말을 믿어줄지 그것이 걱정되었다.

'뭐, 그래도 목소리는 같으니까.'

목소리가 생각나자 마음이 차분해졌다.

목소리가 같고 함께 공유하던 기억이 있으니 아만다를 설득시키는 일은 크게 어려울 것 같지 않았다.

그러자 갑자기 부모님이 생각났다.

자살을 했다는 보도가 나오기 전에 오열은 미리 전화를 드렸다.

영상통화로 자신의 바뀐 얼굴을 보고는 아버지는 마음에 들어하지 않았다.

반면에 어머니는 잘생겨진 아들의 얼굴에 대해 매우 만족해하셨다.

'또 어떻게 아만다를 집에다가 말하나?'

아바타로 뉴비드 행성에서 만났을 때에야 둘이 지지고 볶든 뭘 하든 아무 상관없었다.

하지만 지구에서 함께 살림을 차린다면 부모님께 말씀드리지 않는다는 것은 있을 수 없는 일이다.

오열은 문득 세상살이가 만만치 않다는 것을 깨달았다.

가족이라는 것, 특히 부모자식 간에는 말로 설명할 수 없는 것이 존재한다.

그러나 가족이 없다면 외로움으로 미칠지도 모른다.

무한 경쟁의 시대에 그나마 잡아주고 안아줄 수 있는 가족이 있다는 것은 얼마나 행운인가.

'아, 부모님을 설득할 수 있을까?

유난히 자신을 믿어준 아버지, 장남이라고 늘 풍족한 사랑을 주신 어머니.

오열이도 만약 성인이 되었을 때 메탈에너지를 다룰 수 없었다면 아마 지금쯤 시골에서 살고 있을지도 몰랐다.

정부에서 집과 장비를 무상으로 제공해 주었기에 서울에서의 삶이 가능했다.

지이잉.

오열은 주머니에서 핸드폰을 꺼냈다. 어머니였다.

"네, 저 오열입니다."

─오열아, 어디 아픈 데는 없고?

"네, 잘 있어요. 아버지 어머니도 잘 지내셨죠?"

─그래, 나야 여기서 편하게 지낸다. 네가 보내준 돈으로 이자만 받아도 먹고살 만하다.

오열은 엄마의 목소리가 유난히 밝은 것에 안도의 한숨을 내쉬었다.

오열이 집에 보낸 돈은 큰 액수가 아니다.

그러나 사람이 많이 살지 않는 궁벽한 시골이라 돈 쓸 일이 별로 없었다.

특히나 부모님은 작은 슈퍼를 운영하기에 적으나마 생활비는 버셨다.

슈퍼 옆에 텃밭을 가꿔 채소를 충당하고 닭과 오리를 키우니 달걀과 오리 알도 제법 나온다.

아버지와 어머니는 살던 시골에서 계속 살고 계신다.

주변 사람들은 오열이 그렇게 큰 문제를 일으켰는지도 모르고 지나갔다.

이름이 같다고 그가 그런 일을 벌였을 것이라고는 상상도 하지 못했다.

왜냐하면 오열이 150명이나 죽일 정도로 대단하다고 믿는 마을 사람이 아무도 없기 때문이다.

오열은 지금도 키가 큰 편이 아니지만 시골을 떠나왔을 때의 체격은 지금보다 훨씬 더 왜소했다.

오열은 어머니와 통화를 하고 나서 서성이며 PMC의 조사가 어서 빨리 끝나기를 바랐다.

아바타로 매일같이 보다시피 하면서도 그녀가 정말 예쁠까 하는 이상한 생각을 했다.

그만큼 아바타가 아닌 현실에서 그녀를 만나는 것은 그를 설레게 만들었다.

다행스럽게도 PMC의 조사는 이틀 만에 끝이 났다.

오열은 PMC의 전화를 받고 만사를 제쳐놓고 뛰어갔다.

병동에서 아만다가 환자복을 입고 침대에 누워서 눈을 동그랗게 뜨고 TV를 바라보고 있었다.

이곳에 와서 그녀는 무척이나 충격을 받았다.

모든 것이 꿈만 같았다.

모든 검사가 끝나고 하루 종일 TV를 보았다.

신기했다. 한편으로는 재미도 있었다.

말을 알아듣지 못했지만 영화를 보다 보니 이해가 되는 부분이 있었던 것이다.

오열이 문을 열고 들어가자 아만다가 그를 바라보았다.

"아만다!"

오열이 두 손을 벌려 아만다를 안으려고 했다.

하지만 아만다가 재빨리 몸을 날려 피하고는 발로 오열의 음경을 걷어찼다.

다행히 빗나가 사타구니를 맞았지만 상당히 아팠다.

의외였다. 항상 연약한 척을 하더니 이렇게 힘이 좋은지는 처음 알았다.

"아만다, 나야! 오열이!"

아만다는 오열이라는 말에 행동을 멈추고 눈을 동그랗게 떴다.

"누구세요?"

"나, 오열이잖아. 사실 일이 있어서 얼굴을 고쳤어."

오열이 한참을 붙잡고 아만다에게 그간에 있었던 일을 설명했다.

오열이 가지고 온 사진첩을 보고서야 아만다는 그의 말을 믿어줬다.

그러나 눈썹을 찡그리며 조그맣게 중얼거렸다.

"아, 왜 이렇게 못생겨진 거야?"

아만다의 말에 오열은 몸이 마비되는 충격을 받았다.

남들은 다 잘생겼다고 하는데 아만다는 오히려 못생겼다고 한다.

'어, 이러면 안 되는데!'

오열은 갑자기 뒷목이 뻣뻣해졌다.

불길한 느낌이 그의 머리를 강하게 스치고 지나갔다.

4장

아만다

집으로 오는 것은 어찌어찌 해서 왔다.

아만다는 달라진 외모를 가진 사람이 오열이라는 것을 알고는 태도가 부드러워졌지만 다른 세상에 대한 문화적 충격이 너무 강해 폐쇄적인 태도를 취했다.

오열은 이런 상황이 굉장히 어색했다.

원래 아만다는 무척이나 활달한 성격이지만 거대한 도시의 빌딩과 자동차, 그리고 가끔씩 하늘을 날아다니는 스카이윙은 그녀로 하여금 충격에 빠지게 만들었다.

오열이 아만다에게 이곳에는 마법이 없으며 과학이 발달하여 인간들의 삶이 편하다고 말해주었으나 이해하는 것 같지는 않았다.

"어머!"

아만다가 잡지 광고에서 자신과 비슷한 외국 모델을 보고는 가볍게 놀라는 표정을 지었다.

오열은 어서 빨리 아만다를 안고 싶었지만 아만다는 그의 생각대로 움직이지 않았다.

"아만다, 이곳에 적응하는 것은 쉽지 않을 거야. 먼저 언어를 배워야 하고 이곳의 생활에 익숙해져야 해."

오열의 말에 아만다가 고개를 끄덕였다.

그러나 달라진 오열의 얼굴이 거리감을 주는지 자꾸만 움츠려들었다.

이런 아만다의 모습에 오열은 조금 강하게 나가기로 했다.

"아만다, 내 얼굴이 달라져서 혼란스러운 것은 알아. 하지만 조금 실망스러운데? 아만다가 외모로 사람을 판단하다니 말이지."

오열이 한껏 실망한 표정을 지으며 말하자 아만다가 당황하며 고개를 설레설레 흔들며 부인했다.

"그건 아니에요. 난 단지 익숙하지가 않아서……."

"그래도 실망이야. 난 아만다가 별처럼 순수한 영혼을 가졌다고 믿었어. 나, 외모가 별로였잖아. 그런 나를 좋아해 주고 사랑해 줘서 감동했는데 이제 보니 그게 아니었나 봐."

오열의 말에 아만다가 몸을 살짝 떨며 거듭 미안하다고 말

하며 자신은 외모로 사람을 판단하는 그런 여자가 아니라고
말했다.

그렇게 말하면서 아만다는 속으로 중얼거렸다.

'그래도 당신, 너무 못생겼어. 아, 망했어! 이렇게 못생긴
남자와 사랑을 한다고 생각하니 도저히 할 기분이 안 날 것
같아. 나, 어떻게 해?'

아만다는 사랑을 찾아 지구로 왔지만 낯선 얼굴의 남자가
애인이라며 자신을 맞이해 주니 왠지 속은 느낌이었다.

그렇다고 다시 자신이 살던 곳으로 돌아갈 수는 없었다.

그녀도 자신이 얼마나 어렵게 이곳에 왔는지는 들어서 알
고 있다.

그녀가 병원에서 TV를 보니 이상하게도 못생긴 남자들이
인기가 많았다.

그녀가 본 남자들은 자신이 사는 동네에 가면 널리고 널린
그런 얼굴이었다.

반듯한 얼굴, 오뚝한 코, 훤칠한 키 등 이런 것들은 동네 거
지들도 그런 외모를 가졌다.

아만다가 오열에게 반한 이유 중 하나는 특이한 외모였다.

개성 있게 생긴 얼굴, 반짝이는 눈, 재미있는 말투 등이 어
린 그녀를 사로잡았다.

하지만 그렇게 개성이 있던 애인이 하루아침에 동네 총각
들하고 비슷해졌다.

당연히 매력이 떨어졌다.

아만다는 오열의 집에서 가구들과 전자제품을 보며 미소를 지었다.

TV에서 보던 것이 대부분 있었다.

집도 크고 넓어 마음에 들었다.

정원도 넓고 아름다운 나무들과 꽃을 보니 마음이 놓였다.

오열이 아만다 곁으로 오자 아만다가 깜짝 놀라며 뒤로 물러났다.

오열은 자신이 거절당했다는 느낌에 기분이 좋지 않았다.

그냥 사귀는 사이도 아니고 부부나 마찬가지인 연인이었다.

그동안 나눈 섹스만 해도 셀 수도 없을 정도로 많았다.

그런데 갑자기 아만다에게서 느껴지는 이 거리감은 뭐란 말인가?

오열은 아만다에게 덤벼들어 어서 깊은 일체감을 느끼고 싶었다.

하지만 자꾸만 뒤로 물러서는 아만다를 보자 한숨이 저절로 나왔다.

낯설고 생경한 이곳으로 오자마자 애인을 강간할 수는 없지 않은가.

어떻게 하든지 설득하여 좋은 시간을 보내야 한다. 함께 잠을 잔다면 이 거리감이 줄어들 것 같았다.

오열은 음악을 틀어줬다.

감미로운 음악이 흐르니 아만다의 경계심이 줄어들었다.

아만다가 배고프다고 하자 오열은 스테이크와 스파게티를 만들어주었다.

배가 부르자 포만감에 아만다가 마음이 많이 풀어졌는지 오열의 말에도 곧잘 웃어주곤 했다.

'이럴 때는 술이 최고지.'

오열은 와인 냉장고에서 샤또 마고를 꺼내 와인 잔에 따라 줬다.

아만다가 온다고 장만한 것 중의 하나이다.

샤또 마고는 부드러운 맛과 아름다운 향기를 가진 여성 취향의 와인이다.

"어, 이거 맛있네요."

"아, 많이 있어. 얼마든지 먹어."

"그래도 되요?"

"그럼, 물론이지."

오열은 아만다가 샤또 마고를 마실 때마다 음흉하게 웃었다.

부드럽고 아름다운 향기가 나는 포도주에 반한 아만다가 연신 마셔댔다.

"아, 좋다."

짧은 시간에 많은 포도주를 마셔서인지 아만다의 눈빛이

부드러워졌다.

한 잔이 두 잔 되고 두 잔이 석 잔 되면서 아만다의 마음의
빗장이 풀어졌다.

사실 그녀는 오열을 너무 사랑해서 이곳으로 왔다.

자신이 이곳에 왔지만 마중조차 오지 않은 것이 괘씸했다.

게다가 자기에게 물어보지도 않고 못생긴 얼굴로 바꾼 것
도 마음에 들지 않았다.

"그런데 자기, 나한테 왜 말하지 않았어? 예전 얼굴이 더
멋졌는데 왜, 왜 이렇게 변한 것이야?"

"아, 아만다, 이 얼굴이 여기서는 잘생긴 얼굴이야."

"에구, 자기, 우리 동네의 거지들도 그렇게 생겼잖아."

"그런가?"

오열은 생각을 더듬어보니 아만다의 말이 맞는 것 같았다.

뉴비드 행성의 사람들은 미남이 유독 많았다. 여자들도 예
뻤고.

서양 사람들의 외모와 동양적인 아기자기함을 갖추고 있
어 남자나 여자나 매력적인 사람이 많았다.

오열은 이왕 고친 얼굴, 과거로 돌아가고 싶지는 않았다.

안 되면 되게 하라는 말이 있듯 살살 달래서 데리고 살 수
밖에 없다.

이제 어쩌겠는가.

쌀이 익어 밥이 된 지도 오래전이고 뜨겁게 타오르던 사랑

을 이런 일로 포기할 수는 없었다.

'할 수 없어. 세뇌를 시키자. 이곳에서는 잘생긴 얼굴이라고 세뇌를 시키면 돼.'

오열은 술이 취해 눈빛이 흐려진 아만다를 바라보며 흐뭇하게 웃었다.

'그래, 더 마셔라, 마셔.'

오열은 아만다가 술에 취해 주정을 할수록 신이 났다.

"아만다, 너무 취했어. 이제 좀 쉬어야겠다."

"아냐, 아냐. 더 마실 수 있어요. 억울해서 더 마셔야겠어요. 왜 이렇게 변한 거야. 그리고 자기는 왜 마중도 안 나온 거죠? 얼마나 무서웠는데. 나쁜 놈 같으니."

오열은 아만다의 술주정을 듣다 보니 양심의 가책이 느껴졌다.

길드가 만들어지고 나서 정신없이 바빴다.

정부가 신분 세탁을 해주는 것이지만 아만다에게 새로운 신분을 만들어주는 것도 쉬운 일은 아니었다.

단순하게 다른 나라 사람을 귀화시키는 것도 아니고 다른 행성의 사람을 한국인으로 만들려고 하니 세심한 작업이 필요했던 것이다.

특히나 그녀가 서양인처럼 생겨 더 까다로웠다.

수색에 있는 제7던전의 몬스터 사냥도 가끔 참여해야 했다.

길드마스터가 좋기는 했지만 귀찮은 점도 많았다.

새로 가입한 길드원과 인사를 하고 간부들과는 길드가 앞으로 나갈 방향을 의논해야 했다.

주주 중심의 길드라 길드마스터 혼자 마음대로 결정할 수도 없었다.

회사를 만들어도 길드마스터의 지분을 일정 이상 높일 수 없었다.

제약이 많았지만 그래도 길드마스터는 매력적인 자리였다.

사회적인 신분 상승은 물론 길드마스터라는 것 때문에 1년에 들어오는 돈도 많았다.

하지만 좋은 면만 있는 것은 아니었다.

받는 만큼 귀찮은 일이 많았다.

특히나 길드를 새로 만들면서 조직을 정비하는 데 들어가는 시간은 아무리 장진식이 대부분의 일을 맡아서 한다고 해도 많이 소요됐다.

오열은 아만다의 눈치를 보며 옆으로 다가가 앉았다.

향기로운 머릿결을 만지자 짜릿한 흥분이 그를 사로잡았다.

가볍게 뺨에 입을 맞추니 아만다가 고개를 홱 돌린다. 눈과 눈이 마주치자 오열은 켕겼다.

'아까처럼 거기를 때리는 것은 아니겠지?'

사랑에 빠지면 남자는 여자를 힘으로 이기려고 하지 않는다.

마음을 얻지 못하고 하는 행위 따위는 의미가 없기 때문이다.

오열은 이제부터 새롭게 애인의 마음을 얻는 작업을 해야 한다.

생각해 보니 과거에는 아만다의 마음을 얻기 위해 아무런 노력도 하지 않았다.

먼저 사랑을 고백해 온 것은 어린 아만다였다.

술이 취한 아만다가 오열의 빰을 손으로 탁탁 쳤다. 따귀는 아니었지만 사랑스레 쓰다듬은 것도 아니었다.

"내가 얼마나 무서웠는데 왜 그렇게 늦게 왔어?"

"미, 미안해. 자기는 다른 행성에서 와서 검사가 필요하대. 나도 어떻게 못해. 이곳에서 나는 국왕전하의 평범한 백성일 뿐이야."

"그러면 왜 말을 안 했어? 이런 일이 있을 것이라고 미리 말해줬어야 하잖아."

아만다의 말소리가 다시 또렷해졌다.

오열은 아만다가 정신이 다시 돌아오는 것을 보며 안타까웠다.

비싼 샤또 마고를 물마시듯 마시고도 금방 정신을 차리니 말이다.

오열은 재빠르게 아만다의 빈 잔에 와인을 따랐다. 벌써 두 병째다.

"쳇, 다음에도 이러면 용서 안 할 거야! 알았어?"

"응응, 명심할게."

오열은 은근슬쩍 아만다의 허리에 손을 집어넣었다. 그러자 아만다가 매몰차게 오열의 손을 쳤다.

"아, 자기, 어서 술이나 마셔."

"자기, 나 술 먹여서 어떻게 해보려는 것 아니죠?"

"뭘 어떻게 해. 자기랑 나랑 같이 잔 것이 어디 한두 번인가?"

"흥, 그래도 여기서는 한 번도 안 했잖아요."

제정신이 돌아왔는지 붉어진 얼굴로 오열을 빤히 바라본다.

술을 마신 여자는 몸이 다소 흐트러지게 마련. 그 모습이 말할 수 없이 섹시하였다.

오열은 아만다에게 술을 먹이는 등 갖은 노력을 다 했지만 첫날은 같이 잠을 자지 못했다.

피곤하다면서 오열을 거부하는데 어쩌겠는가.

그 앞에다가 나는 도저히 참을 수 없다고 까발리는 것은 아무리 생각해도 모양새가 좋지 않았다.

잠든 아만다를 보며 오열은 머리를 쥐어짰다.

'이래서 인도나 아프리카 여성들이 섹스 파업을 벌이는구나!'

오열은 그동안 언제든지 원할 때마다 아만다를 품에 안았다.

그때마다 아만다가 더 적극적으로 나왔다.

하지만 꿈에도 그리던 아바타가 아닌 본체와의 결합은 첫날부터 삐걱거렸다.

'젠장, 빌어먹을!'

오열은 침대에 누워 자는 아만다를 물끄러미 바라보면서 쭈그리고 앉았다.

강제로 덮칠까 하는 생각도 안 해본 것은 아니지만 남자 체면에 못할 짓이라고 생각하며 한숨을 내쉬었다.

아만다는 침대에 누워 잠을 자려고 했지만 잠이 오지 않았다.

바뀐 환경 탓인지 시간이 지날수록 정신이 또렷해졌다.

술도 이미 깬 지 오래됐다.

그녀는 오열의 한숨 소리를 듣고는 몰래 미소 지었다.

이곳에 도착해서 얼마나 놀랐는지, 모르는 사람들이 이리 끌고 저리 끌고 다니면서 온갖 조사를 했다.

게다가 가장 놀란 것은 오열의 달라진 외모였다.

얼굴이 달라졌으면 미리 이야기를 했어야지 얼마나 놀랐는지.

목소리가 똑같지 않았다면 도저히 믿을 수 없는 얼굴이었다.

말하는 투나 행동 모두가 오열과 같아서 안심했다.

그가 보여준 앨범을 보고서야 오열이 사정으로 인해 성형수술을 한 것을 믿었다.

그녀는 이불을 뒤척이며 못된 애인을 혼내주기로 결심했다.

그녀의 본능이 지금이 기회라고 말해주고 있다.

오열에게 언제나 자신이 졌다.

멋대로 행동하는 애인 때문에 얼마나 속이 상했던가.

이곳으로 온 목적 가운데 하나는 오열과 항상 같이 있고 싶어서였다.

항상 같이 있으면 그를 통제할 수 있을 것이라고 생각했다.

그런데 그 기회가 너무나 빨리 찾아왔다.

'푸훗, 못생겨도 어떻게 해. 내 남자인데 참고 살아야지. 왜 얼굴을 바꿀 것이면 저렇게 못생긴 얼굴로 바꿨을까. 조금 더 잘생긴 얼굴로 하지.'

아만다는 끝내 오열이 잘생겨진 것을 인정하지 않았다.

자신이 사랑하고 좋아한 남자이니 불쌍해서 데리고 살아준다는 식이다.

돌이킬 수 없는 선택을 했으니 이제부터라도 정신을 똑바로 차리고 살 수밖에는 없다.

이곳에서 믿을 수 있는 사람은 오직 오열밖에 없는데 예전처럼 멋대로 하게 둘 수는 없었다.

이런저런 생각을 하자 조금씩 잠이 몰려왔다.

침대 위로 오열이 올라와 눕는 것을 의식하면서 수마에 빠져들었다.

오열은 아만다의 옆에 누워 그녀의 몸에서 나는 향기로운 냄새를 맡으며 쓰라린 마음을 달랬다.

그래도 아바타가 아닌 본체가 아만다의 옆에 있다는 것이 너무나 좋았다.

아바타가 워낙 정밀해서 거의 실제에 가까운 느낌을 가졌지만 그래도 가짜라는 생각을 안 할 수가 없었다.

그것은 게임 캐릭터에 대한 애정이 아무리 강해도 캐릭터가 현실이 될 수 없는 것과 같았다.

오열은 아만다의 옆에 달라붙어 잠을 자기 시작했다.

아침이 되자 아만다는 일어났다.

늦게 잤음에도 불구하고 이상하리만치 몸이 상쾌했다.

그녀의 옆에는 오열이 어린아이처럼 몸을 꾸부리고 자고 있었다.

그 모습을 보니 자신이 잘못하고 있는 것은 아닌가 하는 생각이 잠시 들었지만 이 장난꾸러기 애인을 길들이기 위해서는 어쩔 수가 없다.

'못생겼지만 귀여워.'

아만다는 웃었다. 그리고 생각에 잠겼다.

오열이 자신이 사는 곳은 전혀 다른 행성이라고 말해줘서 그렇게 알고 있었지만 이곳은 자신의 생각보다 더 다른 세상이었다.

그냥 자신이 살고 있는 곳과 비슷할 것이라고 생각했는데 이렇게 모든 것이 다를 줄은 꿈에도 생각 못했다.

말도 없는데 마차들이 굉장히 빠른 속도로 다녔으며, 승차감은 그녀가 지금까지 탄 그 어떤 마차보다 좋았다.

게다가 하늘을 날아다니는 작은 비행선도 놀라웠다.

TV라는 작은 화면 속에 수많은 사람이 나오는 것도.

이 모든 것이 상상하는 것보다 더 놀라웠다.

이곳의 모든 것은 그 어떤 마법사의 마법보다 놀라웠다.

따뜻한 햇살이 창문을 통해 눈부시게 내리고 있다.

느슨하고 나른한 평화가 비둘기의 날갯짓처럼 하늘에서 날아왔다.

아만다는 여전히 잠에 빠져 일어날 줄 모르는 오열을 보며 이제 이곳이 그녀 자신의 집이라는 것을 깨달았다.

*　　　*　　　*

―비상, 비상이다!

오열은 오치열 대령이 홀로그램에서 긴급하게 외치는 소리를 들었다.

용의 기사단을 지휘하는 전략상황실의 오치열 대령이었다.

오열은 비상 소리와 함께 침대에서 벌떡 일어났다. 침대에 누워 있었지만 자고 있는 것은 아니었다.

나른한 오후에 어떻게 아만다를 넘어뜨릴까 연구를 하는 데 비상이 터진 것이다.

어디선가 또 몬스터가 난동을 부리고 있는 것이 틀림없었다.

오열은 아만다를 찾아 급하게 말했다.

"아만다, 곤란한 일이 생겼어! 몬스터가 쳐들어왔어!"

"몬스터가요?"

"그래, 이곳의 몬스터는 함뮤트 대륙의 몬스터보다 훨씬 강하고 포악해. 난 국가에 소속되어 있어서 오늘같이 비상이 터지면 달려가야 해. 혼자 있어야 할 것 같아."

"알았어요. 무사히 다녀와요. 알았죠?"

오열은 오랜만에 듣는 상냥한 말에 기분이 좋아졌다.

줄 듯 말 듯 4일 동안 아만다의 손바닥 위에서 놀아나던 오열을 향해 그녀가 처음으로 걱정스러운 눈빛을 보내며 말했다.

"알았어. 걱정하지 말고 여기에 있어. 밖으로 나가면 안 돼. 무슨 일이 생기면 연금술 실험실로 들어가 있어. 거기 알지?"

"네, 알았어요."

오열이 말한 장소는 암반을 깎아 만든 지하 실험실을 말한다. 집을 고치면서 대대적으로 지하를 넓혔다.

오열은 재빨리 아만다에게 키스를 했다.

평소와 달리 아만다의 입이 벌어졌다.

혀를 집어넣자 아만다의 혀가 마중을 나왔다.

오열은 비상이고 뭐고 지금 당장 아만다를 넘어뜨리고 싶어졌다.

하지만 그놈의 계약서가 뭔지. 오열은 한동안 키스를 하고 집을 나왔다.

'제길, 광주가 뭐야?'

오열을 빼고 길드원들은 이미 광주로 향하고 있었다.

오열은 밖으로 나왔다.

경기도 광주도 아니고 전라도 광주까지 가려니 기분이 별로였다.

가방을 다시 한 번 점검하고 모든 장비가 있는 것을 확인하고는 네오23을 작동시켰다.

은빛 날개가 펼쳐지고 오열은 허공으로 도약했다.

'젠장, 하늘을 나는 것은 별로인데. 추워.'

오열은 속으로 투덜거렸다.

뉴비드 행성이야 오염이 거의 없는 곳이니 하늘을 날아도 상관없지만 지구는 그렇지가 않았다.

몬스터에게서 나오는 마정석으로 카오스에너지를 뽑아 쓰면서 환경 문제가 좋아지기는 했지만 여전히 지구는 오염이 심했다.

사람이 못 살 정도이거나 식물이 자라지 못할 정도는 아니지만 그렇다고 좋지도 않았다.

어느 정도 고도로 올라가자 날개가 접혀졌다.

교통편을 핑계로 가지 않고 싶지만 이미 PMC가 네오23 부스터에 대해 알고 있으니 그럴 수는 없었다.

하늘을 날면서 슈퍼맨이 된 것 같은 기분이 들었다.

구름을 뚫고 날아가는 그의 모습은 망토만 하나 걸친다면 진짜 슈퍼맨이라고 해도 좋을 정도였다.

오열은 하늘을 날면서 작아진 인간 세상을 바라보았다.

관점의 차이에 따라, 바라보는 각도와 높이에 따라 사물이 전혀 다르게 보였다.

대상은 변함없지만 그것을 바라보는 사람의 생각과 행동에 따라 다르게 보였다.

한때 오열은 저 아래 성냥갑보다 더 작아 보이는 빌딩들 사이에서 인생에 대해 부정적인 생각을 하며 살던 시기가 있었다.

그때는 청춘의 피는 끓고 있는데 현실은 절망 그 자체였다.

짝사랑하는 여자에게도 차이고 각성자가 되었지만 연금술사라 파티 사냥도 힘들어서 아르바이트로 연명해야 하던 그때, 그때와 지금은 너무나 달랐다.

인생이라는 것은 어려울 때와 행복할 때가 있는 법이다.

별수 없다.

어려울 때는 인내로 참고 행복한 날이 곧 올 것이라고 상상하는 수밖에 없다. 그리고 행복한 시간이 찾아오면 겸손하게 즐기면 된다.

빠르게 날다 보니 눈에서 눈물이 났다.

뉴비드 행성에서는 없던 일이다.

속도를 늦추려고 하는데 눈앞에 뭐가 확하고 나타났다. 구름 사이로 여객기가 보인다.

'젠장!'

방향을 틀려고 해도 이미 늦었다. 그렇다고 부딪치면 대형 사고다.

'어쩔 수 없어!'

오열은 이를 꽉 깨물고 빠르게 소리쳤다.

"네오23 오프!"

날아가던 힘이 유지되어 여전히 앞으로 나갔지만 비행기 바로 아래로 스치듯 지나갔다.

간이 조마조마해지고 공포로 순간 몸이 얼어버렸다.

개인이 스카이윙을 소유할 수 없는 이유 중의 하나가 이런 항공 사고 때문이다.

오열은 서서히 밑으로 떨어지는 것을 느끼며 덜덜 떨리는 입으로 크게 소리쳤다.

"네… 오… 오23 온!"

음성 인식이 되지 않았는지 부스터가 켜지지 않았다.

오열은 입이 바싹 말랐다.

괜한 짓을 했다는 생각이 들었다.

차가운 공기의 압력으로 인해 입이 제대로 열리지 않는 것이 문제였다.

떨어지는 속도가 빨라지자 오열은 손으로 입 주위를 문질렀다.

그러는 사이에 균형이 무너져 몸이 빙글빙글 돌게 되었다.

허리가 접혀지려고 한다. 땅이 무서운 속도로 가까워지고 있었다.

"네오23 파워 온!"

이번에는 입이 풀려서 말이 제대로 나왔다.

그러자 덜컹덜컹하던 몸이 공기의 저항에 떨어지는 속도가 늦어지면서 부스터가 다시 가동되었다.

은빛의 날개가 찬란하게 빛나며 하늘에서 떨어지는 오열의 몸을 지탱해 줬다.

둥실둥실.

오열의 몸은 허공으로 다시 떠올랐다.

"휴우~"

오열은 안도의 한숨을 내쉬었다.

네오23의 놀라운 성능에 감탄이 저절로 나왔다.

네오23은 비행기처럼 정교한 장치가 아니다.

메탈사이퍼가 하늘을 날 수 있게 해주는 장치에 지나지 않는다.

다만 너무나 성능이 좋아 무시무시한 속도를 낼 수 있을 뿐이다.

이는 아다티움아머에 들어간 마정석과 에너지스톤, 그리고 마나석 등의 무지막지한 에너지 덕분이다.

"하아!"

다시 안도의 한숨이 저절로 나왔다.

죽다가 살아났으니 이럴 수밖에 없다.

아직도 가슴이 벌렁벌렁한다. 사정없이 심장이 뛴다.

그동안 네오23 부스터로 비행 훈련을 많이 해보았지만 뉴비드 행성에서는 아무런 장애물이 없었다.

비행 몬스터가 없는 것은 아니지만 가고일이나 그리폰과 같은 몬스터는 일정 영역을 떠나지 않기에 부딪칠 일이 없었던 것이다.

5장

새로운 몬스터

오열은 마음을 다잡고 다시 하늘 위에서 천천히 날아가기 시작했다.

만약 하늘에서 비행기와 부딪쳤다면 아마도 오열이 날아가는 속도, 그리고 아다티움아머의 방어력을 생각하면 비행기에 타고 있던 사람들은 다 죽었을 것이다.

예전에 비행기에 부딪친 새가 만들어낸 파편을 신문에서 보았다.

새는 기러기 종류라 그다지 크지 않았지만 부딪친 비행기의 앞부분은 사람 하나가 들어갈 수 있을 정도로 크게 부서졌다.

가장 중요한 것은 얼마의 속도로 부딪쳤는가 하는 것이지 크기가 아니었다.

"휴우, 간 떨어질 뻔했네."

오열은 아주 천천히 날아갔다.

그 자신의 힘으로 충분히 통제가 될 정도의 속도로. 그는 목적지에 도착하기도 전에 인생 종치는 것은 싫었다.

손목에 찬 내비게이션 지도를 보니 목적지에 거의 다 왔다.

저 멀리 도시가 보인다.

빌딩 두 개가 하늘 위로 솟구쳐 있는 것은 30년 전에 세워진 비엔날레 빌딩이다. 그리고 그 주위로 몇 개의 큰 건물이 보였다.

'어디지?

오열은 다시 지도를 봤다.

목적지가 적힌 주소를 보니 이 근방이다.

오열은 지도를 좀 더 확대하여 목적지를 찾았다. 서쪽으로 20㎞만 더 가면 되었다.

가까이 다가갈수록 몬스터의 울음소리가 크게 들려왔다.

몬스터의 울음소리는 '끼리링' 하고 울리는 낮은 음파였다. 하지만 멀리까지 그 소리가 들려왔다.

거의 6개월 만에 몬스터가 나타난 것이다.

다행스럽게도 몬스터는 도심으로 진출하기 전에 메탈사이 퍼들에게 막혔다.

탱킹을 잘했는지 도심으로 진입하던 몬스터의 방향을 틀었지만 이곳 역시 논과 밭이 있는 지역이라 한창 익어가던 곡식이 온통 폭탄을 맞은 듯 보였다.

오늘 끔찍한 사고를 미연에 방지할 수 있게 된 것이, 또 목숨도 건지고 귀찮은 일에 말려들지 않은 것에 감사하며 오열은 하늘에서 내려왔다.

역시나 이번에도 몬스터는 거대했다.

오열은 저것들이 어디에서, 어떻게 나타난 것인지 궁금했다.

저렇게 큰 덩치를 유지하기 위해서는 무엇인가 특별한 것이 있어야 했다.

지금까지 던전에서 본 몬스터의 크기는 4m가 최고였다.

어지간한 몬스터는 거의 2m가 넘었지만 그렇다고 무조건 던전 안에 있는 몬스터가 큰 것은 아니었다.

여섯 개의 다리, 갑각류 특유의 단단한 껍질과 큰 촉수, 빠르지는 않지만 그렇다고 느리지도 않아 메탈사이퍼들이 힘들게 상대를 하고 있었다.

특히나 탱커의 어그로가 잡히지 않는 것은 아니지만 그렇다고 잘 잡히는 것도 아니었다.

탱커의 에너지소드가 두꺼운 몬스터의 껍질을 뚫지 못하고 있었다.

베르니어가 껍질이 강해 마치 강철을 치는 것 같은 느낌이

들게 하는 몬스터였다면 이 갑각류의 몬스터는 겉으로 슬쩍 보기만 해도 단단하고 강한 것이 느껴졌다.

사실 모든 몬스터의 생체에너지만 뚫을 수 있다면 몬스터도 사실 별것이 아니다.

바위나 무쇠도 싹둑 잘라 버리는 메탈사이퍼의 에너지소드에 금방 죽을 것이기 때문이다.

한편 뉴티드보잉 257기의 기장 안동석은 기겁하고 놀랐다가 가슴을 쓸어내렸다.

무서운 속도로 날아오던 물체가 스치듯 지나갔기 때문이다.

그 바람에 비행기가 기우뚱하기는 했지만 무슨 일이 벌어지지는 않았다.

"하아, 이번 것은 뭐였지? 정말 사람 많아?"

"네, 사람이 맞습니다."

부기장 남창열이 여전히 긴장한 목소리로 대답했다.

처음에는 날아오는 속도가 너무 빨라 미사일인 줄 알았다.

하지만 레이더에 잡힌 그림을 보니 사람이었다.

미사일이라고 해도 놀라운 사실인데 사람이라니!

최첨단 여객기인 뉴티브보잉 257기는 20㎞ 이내의 새 한 마리도 잡아낸다.

이상한 물체를 발견하고 주의를 하는데 10초도 안 되어 일어난 일이라 대처하지 못한 것이다.

고도를 높이려고 하는 순간 인간 미사일의 고도가 갑자기 뚝 떨어져 날아갔다.

사실 민간 항공기라 미사일과 같은 비행 물체를 발견해도 어떤 조치를 취할 수 있는 것은 사실 없다.

같은 비행물이면 경고 송신을 내보낼 수 있지만 아까의 경우는 잡히는 주파수도 없었다.

기장 안동석은 급히 SOS를 풀고 관제탑에 이 사실을 보고했다.

항로를 잠시 이탈했던 거대한 뉴티드보잉 257기가 천천히 인천공항을 향해 날아갔다.

오열은 게와 비슷하게 생긴 아나로거를 보며 그 단단한 껍질에 조금 놀랐다.

이런 해산물처럼 생긴 몬스터는 바닷가에 있어야 하지 않나 싶었다.

그렇다고 게와 똑같이 생긴 것은 아니었다.

집게처럼 생긴 다리가 없었다. 다만 앞발이라고 추측되는 커다란 다리가 있었다.

나머지 다리는 오직 걷는 것밖에 못하지만 앞발은 다양한 각도로 꺾이는 것이 위협적이었다. 심지어 위에서 아래로 내려치기까지 한다.

오열은 아다티움건을 꺼냈다.

마취제와 수면제가 섞인 복합탄을 장착하고 총구를 겨눴다.

위잉.

총열이 빛을 발하며 서서히 돌아가기 시작했다. 예열이 시작된 것이다.

이 아다티움건의 단점은 장탄 수가 네 발밖에 안 돼 연사가 힘들다는 것이다.

게다가 한 발 쏘고 다시 에너지를 충전해야 하는 식이었다.

즉, 네 발의 장탄 수마저 적다고 말할 수 없는 구조였다.

번쩍하고 빛이 나면서 총알이 날아갔다. 강력한 껍질에 막혀 총알이 튕겨져 나갔다.

"헐!"

오열은 총알이 박히지 않은 것을 알아차리고 상당히 놀랐다.

이 아다티움건은 기존에 쓰던 스피드건보다 네 배나 강력하였다.

그런데도 피부를 뚫지 못했다. 어쩐지 오늘 사냥은 불길하다는 느낌이 들었다.

위험을 눈치챘는지 아나로거가 오열이 있는 쪽을 바라보았다.

오열은 슬며시 총을 뒤로 숨겼다.

몬스터의 몸체가 순간 꿈틀하다가 다시 탱커를 바라보았다.

상당히 노련한 탱커였다. 그 짧은 순간에 튀는 어그로를 다시 잡은 것이다.

'이놈은 생체에너지도 강하면서 자체 껍질이 강해서 쉽지 않겠는걸.'

오열은 거대한 앞발을 휘두르고 있는 아나로거를 바라보며 고개를 흔들었다.

아직까지는 거대 몬스터를 쉽게 상대할 수 있는 무기가 나오지 않았다.

메탈사이퍼가 초능력자로 각성했다 하더라도 본질은 인간이다.

몬스터와 근력이나 민첩함 등에서 같을 수가 없다.

결국은 메탈사이퍼들의 무기가 강화되지 않으면 견뎌낼 수 없었다.

오열은 거대한 앞발을 낫처럼 휘두르는 아나로거를 피해 메뚜기 떼처럼 흩어지는 메탈사이퍼들을 보았다.

힐러가 없었다면 메탈사이퍼들은 이미 대부분 죽었을 것이다.

대몬스터전에서 힐러의 중요성은 아무리 강조해도 지나치지 않았다.

'어떻게 한다?'

오열은 몬스터와 싸우고 있는 메탈사이퍼들을 바라보며 생각에 잠겼다.

이런 갑각류는 대책이 없다.

생체에너지가 없다고 해도 단단한 저 껍질을 뚫기가 쉽지 않을 터인데 생체에너지마저 아주 강했다.

'드릴로 뚫으면 좋은데.'

그러나 보통의 드릴은 작동하자마자 무식한 생체에너지의 방어벽에 막혀 고장이 날 것이다.

생체에너지는 그냥 단단한 벽이 아니다. 살아 있는 에너지 막이다.

'저런 놈은 약점이 발견되면 한 방인데.'

갑각류는 두꺼운 껍질만 뚫을 수 있다면 의외로 큰 타격을 줄 수 있다.

그러나 아무리 생각을 해보아도 마땅한 아이디어가 떠오르지 않았다.

근원적인 문제가 풀리지 않았다.

왜 몬스터가 생겨나고 무엇을 위해 움직이는지 그것을 알지 못하면 몬스터가 출몰할 때마다 힘든 싸움을 해야 할 것이다.

—3조, 대기!

무전이 들어오는 것을 보니 오열이 속한 '더 나이트' 길드가 3조로 편입된 모양이다.

3조는 오열이 도착하기 30분 전에 도착했다.

'몬스터의 생체에너지를 뚫을 수 있는 강력한 산성 물질이 있다면 좋겠는데.'

문제는 산성 물질이든 뭐든 일단 껍질을 뚫고 들어가야 한다.

그리고 지금으로서는 몬스터의 피부 보호막인 생체에너지를 뚫을 수 있는 산성 물질이 있을 것 같지도 않았다.

오열은 부스터를 켜고 천천히 다가갔다.

3조와 바뀐 틈을 타 아나로거의 뒤편에 도착했다. 그를 발견한 길드원 하나가 반갑게 맞이했다.

"길드마스터님, 언제 오셨어요?"

"아, 네. 조금 전에 왔습니다."

"그나저나 이거 괴물이네요, 괴물."

오열은 남성수 길드원의 말에 고개를 끄덕였다.

그가 생각해도 이 몬스터는 답이 없다.

이제까지 나타난 몬스터들 중에 만만한 것은 없었다.

무엇보다도 무지막지한 생체에너지는 메탈사이퍼들을 곤란하게 만들었다.

문제는 몬스터를 상대하기 위해서는 무슨 방법이 있어야 했다.

이런 식의 전투는 의미 없는 짓이다.

힐러만 없다면 이 전투는 이미 끝이 난 것이나 마찬가지였다.

재래식 무기를 무용(無用)으로 만드는 생체에너지의 막을 뚫을 방법을 마련하지 못하면 결국 인간은 몬스터의 먹이로 전락하고 말 것이다.

'방법을 찾아야 해.'

아직까지 몬스터에 대한 연구는 많지 않았다.

몬스터의 생체에너지를 뚫을 수 있는 강력한 에너지소드나 아머를 만드는 정도에 머물렀다.

그럴 수밖에 없는 것이 몬스터에 대한 연구는 필연적으로 메탈드워프가 있어야 하는데 그들은 마정석에서 카오스에너지를 뽑거나 장비를 만드는 것만으로도 바빴다.

더욱이 메탈드워프가 만들지 않은 장비는 던전에서는 10분만 지나도 망가져 버리기에 기껏 한다는 것이 소형 몬스터를 잡아 관찰하는 것이 다였다.

그런데 이런 소형 몬스터는 생체에너지가 워낙 작아 연구하는 데 애로가 많았다.

오열은 거대한 몸체의 아나로거를 보고 있으니 답이 안 보였다.

메탈사이퍼들은 아나로거가 움직이는 방향과 정반대 방향으로 움직이기 바빴고, 몬스터를 공격하기는 했지만 성과는 없었다.

얼마 전에 나타난 베르니어는 거미였다.

거미였음에도 단단한 생체에너지 때문에 사냥이 힘들었다.

심지어 애벌레는 잡지도 못하고 산으로 도망가는 것을 지켜보았다.

베르니어의 경우는 거미 자체가 원래 껍질이 두껍지 않기에 배 위에 올라가 숨골을 뚫었기 때문에 가능했다.

하지만 이 몬스터는 그런 방법이 통하지도 않을 것처럼 보였다.

"혹시 게에 대해서 잘 알아요?"

"아뇨. 해물탕을 좋아하기는 하지만 게는 잘 모릅니다."

게는 절지동물로 탄산칼슘으로 된 단단한 껍질을 가지고 있으며 갑각류로 분류된다.

아나로거는 게는 아니지만 게와 아주 유사한 구조를 가지고 있어서 오열이 물어본 것이다.

어떤 생물이든지 약점이 없는 생명체는 없다.

인간도 사혈이라는 것이 존재해서 무공의 고수들이 그곳을 누르면 생명을 잃을 수 있다.

문제는 몬스터의 두꺼운 껍질이다.

갑옷만큼 단단한 껍질은 인간이 뚫기 힘든 벽이다. 이 벽을 뚫기만 한다면 인간은 몬스터와의 싸움에서 기선을 잡을 수 있을 것이다.

오열은 일단 몬스터의 배 위로 올라가 볼 생각을 했다.

몬스터의 거대한 발 공격은 위험했고 메탈사이퍼의 에너지소드는 번번이 두꺼운 껍질에 막혔다.

왼손을 흔들자 거미줄이 번개처럼 날아갔다.

지금은 내공을 이용하여 이전보다 더 완벽하게 거미줄을 다룰 수 있게 되었다.

또한 거미줄도 이전보다 더 강력해졌다.

거미줄은 사용하면 재활용이 불가(不可)하여 끊임없이 재충전해야 하기에 쉽게 사용할 수 있는 스킬은 아니었다.

손에 힘을 가하자 몸이 허공으로 떠올랐다.

네오23을 사용하면 이보다 더 쉽게 몬스터에게 접근할 수 있지만 일부러 그렇게 하지 않았다.

아직은 그렇게 할 이유를 발견하지 못했기 때문이다.

"휴우~"

아나로거는 베르니어보다 배는 더 컸다.

둘 다 절지동물이긴 하지만 거미가 다리가 길고 몸통 부분인 배가 작았던 것이다.

아날로거는 게와 정말 흡사했다.

펑퍼짐한 배는 운동장같이 넓었다.

미끈한 배 위에는 끈적이는 액체가 아주 엷게 퍼져 있다.

그래서 오열은 평평한 배 부분에 서 있는 것이 힘들었다.

더욱이 아나로거는 메탈사이퍼들을 상대로 연신 공격하느

라 출렁거렸다.

"젠장, 뭐 보이는 것도 없네."

베르니어의 숨골은 목 부위에 있었지만 아나로거의 약점은 등껍질에는 보이지 않았다.

절지동물(節肢動物)의 특징 중 하나는 마디다.

그런데 이 마디도 약하지가 않았다.

그나마 거미는 이 부위가 약한 편이었으나 게과의 아나로거는 그렇지도 않았다.

'이거 대적 불가인데.'

오열은 일단 이 몬스터의 혼란을 유도하기 위해 강력한 색료가 든 통을 꺼냈다.

아나로거의 눈은 앞부분에 있어 어떻게 해볼 여지가 없었다.

오열은 살금살금 걸어 몬스터의 머리 부분에 도달했다.

'젠장, 모르겠다. 이거나 받아라.'

오열은 야구공같이 생긴 물체를 던졌다.

힘이 실린 구체가 펑 하는 소리와 함께 터지자 몬스터가 기우뚱해지며 비명을 질렀다.

끼리리이잉!

낮은 음파가 거칠게 흘러나왔다.

오열은 거의 몸을 뒤집으려고 하는 몬스터를 보고 아이디어가 떠올랐다.

'이놈을 어떻게 엎기만 하면 해결점이 보일 것 같은데!'

물론 엎어진다고 모든 문제가 해결되는 것은 아니다. 하지만 뭔가 보일 것 같았다.

그것은 감이었다.

하지만 어떻게 이 거대한 몬스터를 넘어뜨릴 수 있다는 말인가?

한쪽 눈이 잘 보이지 않자 아나로거는 화가 났는지 길길이 날뛰었다.

이런 몬스터의 특징은 단순하다는 것.

만약 이런 몬스터가 지능마저 좋았다면 이 싸움은 벌써 끝났을 것이다.

오열이 무전을 하려고 하는 순간 촉수가 회초리처럼 변하여 오열을 향해 날아왔다.

오열은 깜짝 놀라 바닥으로 굴렀다.

10m나 되는 넓은 등에 누워 오열은 촉수의 공격을 피했다.

오열이 일어서자 다시 촉수가 날아왔다.

오열은 한쪽 눈은 보지 못하고 있는 것을 기억하고 사각지대로 몸을 피했다.

그러자 촉수의 공격도 끝났다.

"장준식 부길마님, 들리십니까?"

―네, 길드장님.

"이놈을 경사가 심한 곳으로 유인할 수 있을까요?"

―가능은 할 것 같습니다. 지금 몬스터가 화가 나 있으니 의외로 쉬울지도 모릅니다.

"뭔가 해결점이 보이는 것 같은데 한번 부탁드립니다."

―알겠습니다.

오열이 무전을 끝내자 장준식이 비탈진 부분으로 몬스터를 유인했다.

노련한 전투력을 가진 장준식은 몬스터 유인을 의외로 쉽게 했다.

무엇보다 한쪽 눈이 제대로 보이지 않자 화가 난 몬스터가 물불을 가리지 않고 달려든 탓이다.

오열은 아나로거의 배에서 뛰어내렸다.

경사가 있는 곳에서 보니 아나로거의 배 밑면이 배의 등 부분보다 약해 보였다.

'혹시 통할지도 모르지.'

오열은 아다티움건을 꺼내 조준했다.

위이이잉.

총이 예열되는 소리와 함께 총열이 회전하기 시작했다.

번쩍!

총알이 빛을 발하며 날아갔다.

투우웅.

발사된 그 시점에 아나로거가 움직여 두꺼운 껍질에 총알이 막혔다.

"젠장, 아깝다."

오열은 이번 공격도 빗나가서 아쉬웠다.

총알도 아깝지만 좋은 기회를 놓친 것은 더 아까웠다.

"젠장, 이 방법밖에 없어!"

오열은 다시 도망가며 장준식에게 다시 한 번 유인해 줄 것을 부탁했다.

─알겠습니다, 길드장님.

장중식이 무전을 끊고 다시 아나로거의 어그로를 끌었다.

화가 난 몬스터의 앞발이 기묘한 각도로 꺾여 날아왔다.

장준식은 설마 이런 각도로 공격이 날아올 것을 예상하지 못하고 그대로 맞았다.

"크윽!"

힐러의 힐이 곧 뒤따라왔지만 장준식은 그 짧은 사이에 입에서 피가 흘러내렸다.

장준식이 휘청하는 사이 다시 힐이 들어왔고, 겨우 정신을 차린 그는 아나로거의 두 번째 공격은 가까스로 피할 수 있었다.

오열은 타이밍을 잡기가 쉽지 않았다.

왜냐하면 아다티움건은 예열을 해야 발사가 되는데 그사이에 몬스터가 움직이면 말짱 꽝이 되어버린다.

"젠장, 빌어먹을! 아까운 총알만 낭비하는구나. 돈이 줄줄 새는군."

오열은 다시 염료가 섞인 구체를 꺼내 힘껏 던졌다.

몬스터 가까이 접근하여 던졌기에 이번에도 성공했다.

"빙고!"

두 눈이 보이지 않게 되자 몬스터의 움직임이 현격하게 떨어지기 시작했다.

오열은 우왕좌왕하는 아날로그를 보며 미소를 지었다.

이제는 할 만해졌기 때문이다.

그는 다시 아다티움건을 꺼내 쐈다.

번쩍하는 빛의 성광이 나면서 몬스터 아날로거가 부르르 떨었다.

역시나 아래쪽은 약한 껍질을 가졌고 생체에너지도 많이 흐르지 않아서 쉽게 총알에 뚫린 것이다.

행동이 느려진 것을 보며 오열은 아나로거가 마취가 되었음을 깨달았다.

오열은 다시 한 방을 쐈다.

이번에는 움직임조차 없다.

5분 간격으로 마취제 두 방을 맞은 몬스터는 마비되어 전혀 움직일 수 없었다.

오열은 길드원들에게 명령을 내려 몬스터를 뒤집으라고 했다.

벌러덩 넘어진 게 모양의 아날로거나 연약한 속살을 드러냈다.

오열은 뛰어올라 우선 촉수와 눈을 제거했다.

그 순간 아주 약간 몬스터가 꿈틀했지만 이미 마비가 걸린 몬스터는 꿈쩍도 하지 못했다.

그다음부터는 쉬웠다.

움직이지 못하는 몬스터 따위는 메탈사이퍼들에게는 밥이었다.

"와아! 우리 길드가 몬스터를 잡았다!"

"하하, 굉장한데!"

이미 죽어버린 몬스터의 거대한 사체가 오열에 의해 해체되고 있다.

마정석이 나왔고, 오열은 절지동물이라 마디마다 잘라 가방에 넣었다.

이제는 몬스터를 잡으면 사체는 오열의 것이 되는 것에 대해 사람들은 항의하지 않았다.

그들도 오열이 뭔가를 해서 몬스터를 죽인다는 것을 깨달았기 때문이다.

그리고 이상하게 '더 나이트' 길드 뒤에는 가디언스 길드가 있다는 식으로 소문이 나서 시비를 거는 사람이 아예 없어졌다.

'굉장한데!'

오열은 죽은 다음에도 단단한 껍질을 보며 감탄했다.

의외로 쉽게 잡았지만 정말 힘든 놈이었다.

잔꾀가 아니었다면 결코 이렇게 쉽게 잡을 수 없었을 것이다.

죽은 아나로거는 에너지소드로도 잘 잘려지지 않은 것을 보면 살아서는 거의 잡는 것은 불가능했을 것이다.

다른 길드라면 불가능한 공격이었다.

오열과 동일한 아이디어를 가졌다 해도 마취제가 없으면 하나마나였다.

승리는 아주 사소한 것에서 결정되는 법이다.

누구나 생각할 수 있는 아이디어지만 그것을 실천하기란 쉽지 않다.

쉽게 말해 오열이 던진 안료는 다른 사람이라면 하지 못했을 것이다.

왜냐하면 그 조그마한 구체는 연금술의 압착이 들어간 안료라 실제로 터지면 엄청난 양이 나오게 설계되어 있기 때문이다.

아이디어가 있다고 해서 모두 성공하는 것은 아니다. 그것을 실현시켜 줄 수 있는 기술이 있어야 했다.

오열은 10미터의 단단한 껍질을 힘겹게 에너지소드로 잘라내었다.

최근 수련을 등한시해서인지 실력이 정체되었다는 것이 온몸으로 느껴졌다.

오열은 주황색의 마정석을 보며 욕심이 났다.

저 마정석으로 무기를 만들면 어떨까 생각하니 온몸이 짜 릿해졌다.

하지만 가격이 너무 비쌌다.

지금으로서는 꿈도 꾸지 못할 그림의 떡이었다.

아마도 2년은 죽으라고 벌어야 겨우 살 수 있을 것이다. 어 른 얼굴만 한 마정석 덩어리를 보며 오열은 침을 꿀꺽 삼켰 다.

몬스터를 잡으면 나오는 수당으로 그가 제시한 500억은 거 절당했다.

협상을 할 때 더 버틸 수도 있었지만 아만다의 문제와 연결 되면서 강하게 주장하지 못하였다.

그래서 책정된 가격이 300억이다.

처음 100억을 제시한 것에 비하면 비약적으로 늘어난 액수 다.

하지만 그렇다 하더라도 장비를 마련할 수 있는 돈을 벌기 에는 요원하였다.

'젠장, 나 혼자 잡은 거나 마찬가지인데 다른 놈들하고 나 눠야 하다니.'

오늘 전투에 참여한 3조까지는 정식 배당을 받게 되고 대 기한 팀은 기본 수당만 받게 되니 이제부터는 빨리 잡을수록 성공 보수가 많아지게 되었다.

PMC와 국가안전위원회가 몬스터 레이드에 점점 체계를

갖춰가고 있었다.

"또 언제 나타나려나?"

오열은 몬스터 부산물을 가방에 쓸어 담고는 한숨을 내쉬었다.

몬스터 사냥꾼의 멍에가 이것이다.

끊임없는 장비의 업그레이드.

오열 정도의 장비는 지구에서는 거의 갖춘 사람이 없을 정도로 훌륭하다.

그러나 무기가 약해 몬스터의 생체에너지를 제대로 공략하지 못하니 더 강한 무기를 자꾸만 원하게 되는 것이다.

아나로거에서 나온 주황색 마정석은 지금까지 나온 마정석 가운데 가장 컸다.

이는 카오스에너지의 함량이 이전의 마정석과는 비교 불가일 정도로 높다는 뜻이다.

오열은 보석처럼 영롱하던 마정석을 생각하며 침을 꿀꺽 삼켰다.

마정석을 꺼낼 때 유난히 무거웠던 것을 기억하자 몸이 저절로 움직였다.

마정석의 무게와 카오스에너지의 양은 항상 정비례 관계에 있다.

즉, 무게가 나갈수록 카오스에너지의 양이 많고 이는 그만큼 마정석의 가격이 높다는 의미이기도 하다.

오늘 사냥한 몬스터에게서 나온 마정석이면 지금 가지고 있는 것보다 더 좋은 성능의 무기를 만들 수 있다.

오열은 생각했다.

지금 하는 몬스터 사냥은 나무로 무쇠를 두들기면서 쇠가 부러지기를 바라는 것이라고.

즉, 메탈드워프는 몬스터를 사냥하여 얻은 마정석을 가공하여 장비와 무기를 만든다.

이때 몬스터와 비슷한 수치를 가진 마정석을 가공하여 만들면 해당 몬스터에게는 큰 타격을 줄 수 있지만 상급의 몬스터에게는 그것이 통하지 않는다.

그럼에도 던전에서 몬스터 사냥이 가능한 것은 메탈사이퍼들이 벌 떼처럼 몰려들어 한 마리의 몬스터를 다굴하기 때문이다.

그리고 탱커라는 방어형 전사가 몬스터의 어그로를 잡으면 힐러의 어시스트가 있기 때문에 사냥이 유지되는 것이다.

하지만 도심지에 출몰하는 몬스터는 차원이 다른, 급이 다른 초대형 몬스터다.

그러니 하급 몬스터의 마정석을 가공하여 만든 무기로는 데미지를 줄 수가 없다.

오열은 자신의 이런 생각이 맞다고 생각했다.

물론 무기를 만드는 재질도 중요하지만 가장 중요한 것은 역시 마정석이다.

무기에 공격력이 나와 있는 이유가 이 때문이다.

공격력, 즉 KP가 높을수록 몬스터에게 강한 데미지를 줄 수 있다.

마정석이든 뭐든 몬스터를 사냥하기 위해서는 무기의 공격력이 지금보다는 훨씬 높아야 한다.

오열이 가진 30만 KP의 공격력을 가진 에너지소드도 튕겨내는 몬스터의 생체에너지이다.

당연히 더 강한 무기가 필요했다.

하지만 오늘 잡은 몬스터에게서 나온 주황색 마정석은 엄청나게 고가다.

오열은 다행히 칼리쿨을 잡았을 때 얻은 마정석이 있기는 했지만 가공하여 무기로 만들기에는 아까웠다.

그게 문제다.

무기를 만들어 대형 몬스터를 혼자 잡는다면 몰라도 오늘처럼 많은 사람과 나눈다면 수지타산이 맞지 않는다.

더욱이 예전에 잡은 칼리쿨은 성체가 되지 못한 몬스터라 밖으로 나와 돌아다니는 거대 몬스터보다는 약한 놈이었다.

그러니 그 마정석으로 무기를 만든다고 해도 효용성은 떨어질 것이 분명했다.

적어도 오늘 잡은 몬스터의 마정석 정도는 되어야 한다는 것이 오열의 생각이다.

'방법이 있겠지.'

오열은 자리를 정리하는 길드원들을 보면서 나이트윙이 있는 곳으로 걸어갔다.

나이트윙에는 여성 메탈사이퍼들이 먼저 와서 쉬고 있었다.

오늘 힐러들은 무척 피곤해 보였다.

이런 대형 몬스터의 레이드에는 힐러들의 신경이 극도로 예민해진다.

오늘처럼 거대 몬스터 사냥할 때 힐이 조금만 늦어도 사망자가 나올 수 있기 때문이다.

"어서 오세요, 길드장님."

"어서 오세요."

오열은 여성 길드원의 인사에 가볍게 고개를 숙였다.

언제나 말이 없는 그였기에 길드원들은 그런가 보다 했다.

싸가지가 조금 없는 길드마스터지만 실력만큼은 굉장하다는 것을 모두 인정하고 있다.

오늘의 아나로거도 그 혼자 잡은 것이나 마찬가지였다.

오열은 피곤함이 느껴져 눈을 감고 의자에 몸을 기대었다.

눈을 감자마자 여자들의 수다가 자장가처럼 들려왔다.

대형 몬스터를 사냥하는 것은 정말 힘들다.

그의 연금술은 훌륭하지만 몬스터를 잡을 수 있게 만드는 기술은 여전히 부족하였다.

만약 첫발부터 아다티움건이 몬스터의 생체에너지를 뚫었다면 그렇게 힘든 쇼를 하지 않고도 잡았을 것이다.

지금은 인간의 과학이 몬스터가 진화하는 속도를 따라잡지 못하고 있었다.

오열은 오늘 사냥을 마치고 PMC와 다시 협상을 해야 할 필요를 느꼈다.

이런 식의 사냥은 너무나 무모하다.

막무가내로 하는 사냥은 언제가 큰 사고를 내게 될 것이 분명했다.

연금술이 있음에도 이를 현실에서 써먹지 못한다면 어리석은 일이다.

무엇보다도 마취제를 담아 쏠 수 있는 총은 하루빨리 새로 만들어져야 한다.

그러기 위해서는 지금의 사냥을 통해 얻은 몬스터 부산물의 지분과 전투 수당을 손봐야 한다.

지금 그가 받는 300억은 몬스터를 잡고 얻은 마정석의 10분의 1도 안 되는 돈이다.

이런 몬스터를 앞으로 열 번 이상 잡아야 무기를 바꿀 수 있게 된다는 말인데 그렇게 되면 또 급이 다른 몬스터가 나타날지도 모르는 일이다.

뒷북만 치다가 고생은 고생대로 하고 돈은 돈대로 낭비할 수 있었다.

'이렇게 하는 것은 어리석어. 하루빨리 장비를 바꿔야 해. 적어도 핵심 요원만이라도 장비가 교체되지 않는다면 대형사고가 날 수 있어!'

오열은 생각하고 또 생각했다.

그러다 보니 나이트윙이 이륙한 것도 몰랐다.

주변이 시끄러워서 눈을 뜨니 기내에서 간식이 나왔다.

"길드장님, 이거 드셔보세요."

나장미가 미소를 지으며 간식을 권한다.

오열은 마침 출출하던 참이라 받아서 맛있게 먹었다.

"간식 PMC가 준비한 것인가요?"

"하하, 아뇨. 저희 길드에서 준비했습니다. 몇 번 식사를 거르게 되니 미리 간식이라도 준비해 놔야겠다는 생각이 들더군요."

"아, 좋은 생각이네요."

오열은 장준식의 말에 고개를 끄덕였다.

장준식은 오열보다 두 살이 많아서 오열도 존댓말을 쓰고 있다.

오열은 자신이 무늬만 길마인 것을 알고 있기에 그에게 말을 내리는 것이 어색했다. 그래서 서로 존댓말을 쓰는 사이가 되었다.

최근에는 '더 나이트 길드'는 길드원 숫자는 비록 적지만 알찬 길드라는 소문이 알음알음 나서 길드 가입 문의도 늘어나고 있었다.

결국 메탈사이퍼에게 좋은 길드란 돈을 많이 벌 수 있는 던전 사냥터가 있다는 것을 의미한다.

이런 면에 있어서 수색의 제7던전은 메탈사이퍼 사이에서는 최고의 사냥터로 꼽히고 있고, '더 나이트 길드'는 이 던전에서 최고의 사냥 팀이었다.

다만 사냥터가 사냥터인지라 어느 정도 실력이 있어야 했기에 가입자의 수가 폭발적으로 늘지는 않았다.

오열이 집으로 돌아오자 아만다가 반갑게 맞았다.

그녀는 하루 종일 집에만 혼자 있다 보니 오열의 생각이 간절했던 것이다.

"어서 와요."

오열은 자기를 맞아주는 아만다의 표정이 바뀌었다는 것을 깨달았다.

그는 아만다의 인사를 받으며 그녀의 태도가 바뀐 이유가 뭘까 하고 생각했다.

"잘 지냈어?"

"아뇨. 하루 종일 심심했어요."

오열은 그제야 자신의 실수를 깨달았다.

아만다가 자기를 무시하려고 해도 할 수 없는 상황이라는 것을.

'흠, 스스로 내 가치를 떨어뜨렸군.'

오열은 아만다가 오자마자 화를 내고 삐쳐 있자 미안한 마음에 절절맸었다.

그러자 그녀는 그것을 느끼고 본능적으로 주도권을 잡으려고 한 것이다.

먼 행성에서 지구로 온 것을 감안하면 그런 행동은 이해해 줄 만했다.

하지만 배려와 굴종은 다른 것이다.

오열은 배려하기를 원하지 억지로 하기 싫은 것을 하고 싶지는 않았다.

자신이 언제부터 착한 놈이었는가 생각하자 피식 웃음이 나왔다.

"왜 웃어요?"

"그냥 재미있어서."

"뭐가요?"

아만다가 긴장한 채로 오열의 말에 민감하게 반응한다.

오열은 그녀의 사랑과 열정에 감동해서 그녀를 굉장히 높게 평가하고 대우했다.

하지만 귀한 대우가 값싸게 돌아온다면 그것은 다시 생각해 보아야 한다.

뉴비드 행성에서 하루가 멀다 하고 사랑을 나누던 사이가 아닌가.

그런데 외모가 바뀌었다고 냉대를 받는 것은 이해가 되지 않았다.

그렇다면 그동안 나눈 사랑과 신뢰는 도대체 뭐란 말인가?

오열은 이제나저제나 본체로 아만다와 사랑을 해보고 싶었다.

그런데 4일 동안이나 독수공방하고 있다.

'내가 뭐 그렇지. 찌질한 놈 아니었나? 괜히 매너남처럼 행동하려고 했어.'

오열은 자신의 실수를 인정했다.

이제는 조금 강하게 나가야 할 때인 것을 깨달았다.

오열은 어두운 얼굴로 아만다의 손을 잡아끌었다.

오늘따라 분위기가 이상했는지 아만다가 순순히 따라왔다.

"아만다, 이제 결정해야 해. 내가 아만다에게 실수한 것 인정해. 하지만 나도 당신에게 최선을 다했어. 난 이곳에서 권력을 가진 자이거나 부자가 아니야. 그런 내가 당신을 이곳으로 오게 하는 데 들어간 시간과 돈은 아만다가 생각하는 것 이상이야. 아만다, 당신은 이곳으로 온 최초의 사람이야. 이전에 뉴비드 행성, 아니지, 함뮤트 대륙의 사람들이 이곳에 온 것은 모두 노예였어. 그들은 단순한 실험물이었지. 그들은 오직 과학자들의 연구를 위해 좋은 음식과 따뜻한 잠자리가 제공되었지만 그들에게 자유는 없어. 당신은 이곳에 오자마자 우리나라의 자유로운 국민이 되었어. 이게 무슨 말을 의미하는지 알아? 내가 당신에게 자유를 주기 위해, 당신과 같이 있기 위해 많은 노력을 했다는 거야. 오직 당신과 함께 지내기 위해서 말이지."

오열은 울 듯한 표정을 지었다. 오열의 얼굴에는 비장함마저 감돌았다.

아만다는 깜짝 놀랐다.

지난 4일 동안 오열이 그녀의 뜻대로 해줘 마음이 많이 풀린 상태이다.

그런데 믿었던 오열이 심각한 표정을 짓자 겁이 덜컥 났다.

이곳에 아는 사람이라고는 오직 오열이 하나뿐이다.

그를 너무나 사랑하기에 모험을 한 것이다.

그런데 이곳에 도착해 보니 모든 것이 낯설었다. 그녀가 생각한 것보다 더 이질감이 심했다.

그것은 그녀에게 굉장한 스트레스를 줬다.

그녀는 오직 오열과 함께하고 싶다는 열망밖에 없을 때에는 현실이 보이지 않았다.

그러다가 막상 현실을 보니 자신이 생각했던 것과 너무나 달랐다.

그것이 그녀를 불안하게 만들었고, 화가 나게 만들었으며, 짜증이 났다.

특히 이틀 동안 말이 통하지 않는 사람들에게 끌려 다니며 갖은 조사를 했을 때 그 불안감은 절정에 달했다.

그런데 이틀 만에 찾아온 오열은 외모가 달라졌다.

불안감 속에 달라진 오열의 얼굴을 보자 화가 났다.

그런데 이제 마음이 조금 풀렸는데 오열이 심각한 표정을 지으니 겁이 덜컥 났다.

아만다는 무조건 오열을 잡고 그 품에 안겼다. 무조건 안기고 봤다.

이 순간 이게 최선이라는 생각이 들었다.

지금은 오열만이 그녀의 생명줄이었다.

그만이 사랑이고 생명이다.

그런 그에게 얼굴이 달라진 것 때문에 화를 낸 것이 미안해졌다.

그 생각을 하자 눈물이 났다.

오열은 한껏 분위기를 잡는데 아만다가 안겨오자 회심의 미소를 지었다.

비겁하지만 오늘은 할 수 없었다.

변덕스러운 여자의 마음을 다 맞춰주다가는 아무 일도 하지 못한다.

이제 다시 예전의 못된 남자로 돌아가야 한다.

오열은 우는 아만다의 등을 토닥이며 힘껏 안았다.

그리고 입을 살짝 맞추자 아만다가 움찔 놀라더니 곧 오히려 더 적극적으로 나왔다.

순식간에 서로의 혀가 얽혔다.

찰나와 같은 시간이 영원처럼 길었다.

오열은 몸이 뜨거워지는 것을 느꼈다. 그러나 서두르지 않았다.

천천히, 아주 천천히 나갔다.

키스가 주는 달콤함은 너무나 생생해 머리통이 통째로 뜯겨 나가는 느낌이다.

'그래, 바로 이거야.'

오열은 아바타가 느끼던 것과 다르다는 것을 즉각적으로 알아챘다.

아바타가 느끼는 것도 그 자신의 일부였다.

그러나 아바타가 할 때에는 둘 사이에 미세한 간격이 있었다.

그것은 말로 표현하지 못할 정도로 작아서 설명하기가 곤란하다.

그러나 지금은 거울을 보고 있다가 얼굴을 맞대고 보는 것처럼 선명했다.

오열은 다시 아만다의 몸을 더듬었다. 그토록 기다리던 섹스다.

몸은 아직도 팔팔하고 힘은 넘쳤다.

몬스터 사냥으로 인한 피로는 그 어디에서도 찾아볼 수 없었다.

　　　　*　　　*　　　*

　장일성 소장은 들어온 보고서를 보고 주먹으로 책상을 내려쳤다.

　오늘 낮에 발생한 뉴티드보잉 257기의 충돌 직전 상황이 자세하게 나와 있다.

　'미확인 생명체와 충돌 직전까지 간 비행기에 대한 보고서'라는 긴 제목의 사건 보고 서류를 보고 그는 이마를 찌푸렸다.

　그 미확인 생명체가 메탈사이퍼로 추정되기에 보고서가 그에게 온 것이다.

　보나마나 이런 일을 할 놈은 한 놈밖에 없었다.

　하늘을 날 수 있는 부스터를 가진 사람은 단 한 명밖에 없으니까.

　그는 보고서를 보며 안도의 한숨을 내쉬었다.

　보도를 통제했지만 만약 충돌 사고가 났다면 온 나라가 떠들썩해졌을 것이다.

　그 생각만으로도 등에 땀이 났다.

　그렇다고 그에게 비행을 금지할 수도 없었다.

　오늘 그가 없었다면 몬스터는 처치하지 못했을 것이다.

　뭔가 세부적인 조치가 필요해 보였다.

"참 비싸게 구는 놈이야. 뭐 하나 말썽 없이 그냥 지나가지를 않는군."

애인을 데리고 온다는 것에 최종 허가를 해준 사람도 그였다.

그 이야기를 듣자마자 아무 생각 없이 허락했다.

상대에게 빚을 지우고 싶었기 때문이다. 그런 것이라도 없다면 제대로 움직일 놈이 아니었기 때문이다.

150명을 몰살시킨 사건으로 용의 기사단에 억지로 끌어들였지만 그렇다고 제 실력을 쉽게 발휘할 놈이 아니었다.

애인 이야기를 듣자마자 옳다구나 했다.

그런데 이번 일처럼 너무 열심히 해도 사달이 나니 그 녀석은 뭘 해도 사고뭉치라는 생각이 들었다.

그래도 그는 이 말썽쟁이가 싫지 않았다.

오늘 일은 기술적인 실수다.

그가 비행 모드를 할 것이라고 예측하지 못했기 때문이다.

첨단 장비의 보충이 필요한 부분이기도 했다.

그러나 중요한 것은 이제 레이드가 점점 자리를 잡아간다는 것이다.

*　　　*　　　*

장일성은 오열이 면담 신청을 해오자 의아했다.

어제 발생한 일에 대해선 뒤처리를 깨끗하게 하였기에 오열이 자신을 찾아올 일은 없었다.

'뭐지?'

감이 좋지 않았다.

뭔가 복잡한 일이 생길 것 같았다.

그렇다고 감 하나로 면담을 신청한 당사자를 만나지 않을 수는 없었다.

그는 비서에게 오열을 들여보내라고 했다.

"어서 오게."

"소장님, 반갑습니다."

능글맞게 웃는 오열의 표정을 보자 장일성은 자신의 직감이 맞았다는 것을 느꼈다.

이놈은 이렇게 웃으면서 꼭 귀찮은 일을 부탁했다.

하도 사람을 많이 만나다 보니 얼굴 표정만 봐도 대충 감이 왔다.

"오늘은 또 뭔가?"

"하하하, 건전한 대화를 하기 위해 왔습니다."

"흠, 해보게. 아참, 차는 무엇으로 할 것인가?"

"뭐, 주시는 대로 먹겠습니다."

장일성 소장은 오열이 싫어할 인삼차를 시켰다.

역시나 인삼차라는 말을 듣자 얼굴이 살짝 구겨졌다.

차가 나오는 동안 이런저런 안부 인사를 주고받으며 시간을 보냈다.

오열은 인삼차를 마시며 힐끗 장일성 소장을 쳐다보았다. 그러자 장일성이 웃으며 말했다.

"이제 말해보게."

"수당을 조정했으면 합니다."

"또?"

"네, 아무리 생각해도 부당합니다."

"또 뭐가 그렇게 부당하다는 것인가?"

장일성은 기분 나쁜 표정으로 그를 바라보았다.

벌써 두 번째 조정이다. 자잘한 것까지 따지면 다섯 번째이고.

"일단 다른 메탈사이퍼들의 노력은 인정합니다. 다만 결정적인 수훈을 거둔 선수에 대한 수당이 지나치게 낮다는 것입니다."

"300억이 적은가? 그리고 수당은 또 따로 받지 않는가?"

"300억이면 솔직히 적은 것은 아닙니다. 막말로 저희 팀이 나서기 전에 두 팀이 몬스터를 저지한 공헌도를 무시하는 것도 아닙니다. 하지만 이런 식의 계산은 경우에 맞지 않습니다. 막말로 몬스터는 제가 다 잡은 것이나 마찬가지 아닙니까? 안료를 만들어 던진 것도 저였습니다. 거기에 연금술이 들어갔습니다. 물론 비용도 많이 들었죠. 마취제도 제가 썼습니다. 그런데 말입니다. 제가 언제까지 위험을 감수하면서까지 몬스터를 잡을 것이라고 보십니까?"

"아, 그거는……."

장일성 소장은 오열의 말에 입을 다물었다.

300억이 많은 돈이기는 하지만 그가 두 번이나 지나치게 위험한 사냥을 한 것도 사실이다.

또다시 그런 위험을 강요할 수는 없었다.

그는 레이드가 끝나자마자 전투 영상을 보았다. 정말 오열이 말한 것은 한 치의 거짓도 없었다.

"이것을 아셔야 합니다. 제가 몬스터에게 마취제를 사용하는 것으로써 연금술사로서의 역할을 다한 것이라는……. 어제 사실 두 번이나 마취탄이 튕겨져 나갔죠. 제가 위험을 무릅쓰지 않았다면 아직까지 그 몬스터를 잡고 있을 겁니다."

오열의 말에 달변가인 장일성 소장이 입을 다물었다.

그도 오열이 몬스터의 배 위로 올라가 약점을 찾는 모습을 보았다.

이는 전사들도 하기 힘든 일이다. 그것을 연금술사인 오열이 했다.

"하지만 형평성이라는 것이 있네."

"하하, 뭐 그럼 그렇게 하시죠. 전 딱 300억 어치의 마취제만 그냥 쏘겠습니다. 물론 잡지 못해도 대금은 청구될 것입니다."

"그것은……."

오열은 비릿하게 웃으며 말했다.

"성경에는 나오는 우화 중에 새벽 일찍 일한 놈이나 저녁 늦게 와서 한 시간 일한 놈이나 주인은 같은 일당을 줬죠. 그 것은 솔직히 주인이 놀고 있는 사람들이 불쌍해서 일꾼을 고 용한 것이기에 가능한 셈법입니다. 그 모든 것은 오로지 주인 의 자비에 의한 것. 하지만 우리의 일은 PMC가 자비를 베풀 어 일거리를 준 것이 아니라는 것입니다. 강.제.로. 차.출.되 어 온 것이죠. 그러니 다릅니다. 우리는 심지어 몬스터를 잡 지 못하면 수당도 없습니다. 그냥 우리가 잡은 것을 PMC가 배분해 주는 것이죠. 이런 관리 따위는 초등학생도 할 수 있 는 것입니다. 문제는 제가 더 이상 모험을 하지 못하겠다는 것입니다. 전 연금술사입니다. 직업에 맞게 안전하게 사냥하 고 싶습니다."

"물론 자네의 말이 옳네. 하지만 그게 말처럼 쉽지 않네."

"몬스터는 진화를 거듭해 왔습니다. 하급 몬스터는 쉽게 처리할 수 있습니다. 그러나 던전의 몬스터만 해도 더욱 강력 해졌습니다. 도심지에 나타나는 몬스터는 상상을 불허할 정 도로 강합니다. 이번에 게처럼 생긴 아나로거라는 몬스터는 메탈사이퍼의 공격이 전혀 통하지가 않았습니다. 즉, 메탈사 이퍼의 에너지소드가 몬스터의 생체에너지에 조금도 타격을 주지 못했다는 말입니다. 이게 무엇을 의미하는 것인지 아십 니까?"

"물론 아네. 힘든 사냥이라는 것이지."

"아닙니다."

"……."

"힐러의 힐이 끊어지면 메탈사이퍼는 몰살당한다는 것입니다."

"헉!"

장일성은 소리를 질렀다.

그는 오열이 말하는 것이 무엇인지 금방 파악했다.

그는 국가안전위원회 부의장이다.

국왕을 제외하고는 최고의 직위에 있는 자다. 그런 그가 몬스터에 대해 모른다는 것은 말이 안 되었다.

오열의 말한 심각성을 그도 인정한 것이다.

잠시간의 침묵이 둘 사이에 흘렀다. 그 짧은 시간은 겨울의 얼음처럼 차가웠다.

"저는 생각해 보았습니다. 아다티움으로 만든 총이 왜 몬스터의 생체에너지를 뚫지 못했을까? 이유는 단순합니다. 제 총의 에너지가 몬스터의 생체에너지보다 적기 때문입니다."

"그 말은……?"

"맞습니다. 그 무기는 어지간한 대형 몬스터에게는 사용해 봤자 통하지 않을 확률이 높습니다. 문제는 마취제를 무한정 만들어낼 수 없다는 것이죠. 몬스터의 부산물만 들어가는 것이 아니라 희귀 생물도 거기에 들어가니까요. 그런데 소장님은 몬스터의 부산물로 연구하는 데 들어가는 돈이 얼마라고 생각하십니까?"

"그거야 나는 잘 모르네."

장일성이 솔직하게 연금술에 대한 자신의 무지를 시인했다.

이 문제는 어느 누구도 알지 못한다.

한국에 있는 연금술사 중 제대로 된 연금술사는 오직 오열밖에 없었다.

그러니 오열이 얼마가 든다고 말하면 그런가 보다 할 수밖에 없는 일이다.

"자동차 하나를 설계하고 만드는 데 수천억이 듭니다. 물론 마취제의 원가는 얼마 하지 않습니다. 그러나 그 결과물이 나오기까지는 수없이 많은 실패를 합니다. 그 많은 시간, 그 많은 재료를 생각하면 300억은 너무 쌉니다. 가장 큰 문제는 전 연금술사이지 전사가 아니라는 것입니다. 부득불 나섰지만 이제는 그러고 싶지 않다는 것입니다."

"도대체 자네가 원하는 것이 뭔가?"

"몬스터의 부산물을 처분한 돈의 반을 주십시오."

"뭐, 뭣?"

장일성 소장은 너무 놀라 두 눈을 동그랗게 떴다.

너무나 어이없는 소리였기 때문이다.

오열이 아무리 공헌도가 크다고 해도 조금 전의 말은 수백

명이 모이는 레이드에서 나오는 결과물을 혼자 독식하겠다는 것이나 마찬가지의 말이다.

오열은 놀라 말도 제대로 하지 못하는 장일성을 보며 피식 웃었다.

이런 반응은 이미 예상한 바다.

하지만 그를 설득시키지 않으면 정말 그는 몬스터 사냥에서 한발 물러설 생각이다.

"이런 식의 레이드는 의미가 없습니다. 메탈사이퍼의 딜이 제대로 박히지도 않는데 무슨 사냥입니까? 장난하시는 거 아니죠? 아, 그리고 혹시 영상을 보셨습니까? 몬스터가 덤벼들면 기겁하며 피하기에 급급한 것이 지금의 메탈사이퍼들입니다. 데미지 자체가 몬스터에게 전혀 안 먹힌다는 것이지요."

오열의 말에 장일성은 고개를 끄덕였다.

얼마 전부터 유독 몬스터에게 데미지가 안 먹히고 있었다.

관악산에 나타난 몬스터는 잡지도 못하고 다시 산으로 도망가는 것을 지켜만 봐야 했다.

"그러면 그 돈으로 뭘 할 것인가?"

"당연히 무기를 만들어야죠. 몬스터보다 더 강력한 무기를요."

"흠. 일리는 있는 아이디어이긴 한데, 레이드에 나온 메탈사이퍼들이 동의할까?"

오열은 장일성의 말에 피식 웃었다. 그리고 한마디 했다.

"무슨 동의가 필요해요? 거기 모인 녀석들 중에서 돈 벌러 나온 놈 있으면 손 들라고 해보세요. 저도 그 돈 안 받고는 안 합니다. 편하게 벌 수 있는데 그따위 짓을 왜 합니까?"

"흐음……."

장일성은 오열의 말이 상당히 일리가 있다고 생각했다.

하지만 이는 그가 쉽게 결정할 수 있는 것이 아니다.

그래서 그는 오열에게 생각해 보겠다고 대답하고 돌려보냈다.

오열이 나가고 난 사무실에 장일성이 허탈한 표정으로 앉아 있다.

아무리 권력이 있고 끗발이 있어도 자신은 공무원에 불과했다.

공무원 연봉이 많아봐야 얼마나 되겠는가.

한 번의 사냥에 300억이 적다는 말은 어처구니가 없었지만 그의 말은 틀리지 않았다.

메탈사이퍼와 일반인의 경제관념이 확실히 달라도 너무 달았다.

그는 일어서서 사무실을 왔다 갔다 했다.

똑똑.

비서가 들어와 이영 공주가 왔다고 보고했다.

장일성은 급히 문을 열고 나와 공주를 맞이하였다.

"어서 오십시오, 공주님."

"요즘 고생이 많으시죠?"

"하하, 제가 고생은 무슨. 하하, 그런데 이곳에는 어쩐 일이십니까?"

"제가 명색이 이 국가안전위원회 고문인데 한 번은 와봐야죠."

"아, 그러시군요."

이영 공주는 국가안전위원회 세 명의 상임고문 중 한 명이다.

이는 그녀가 선천적인 메탈사이퍼라는 것 때문에 주어준 특권이었다.

게다가 그녀에게는 왕실이라는 프리미엄이 항상 따라붙는다.

"레이드 팀은 잘되시나요?"

장일성은 공주의 말에 역시나 하고 고개를 끄덕였다.

메탈사이퍼인 그녀가 가장 관심 있어 하는 것이 같은 계통 사람들이 하는 레이드다.

그녀는 이런 레이드에 참여하고 싶어했다.

"네, 지금까지는 문제가 없습니다. 하지만 몬스터가 너무 강해 걱정입니다."

"그렇게 심각한가요?"

"예, 어찌어찌해서 해결은 하는데 앞으로는 힘들 것 같습니다."

"왜요?"

"그게 한 명의 연금술사가 지금의 레이드 방식에 이의를 제기하고 있습니다."

"한 명이면 무시해도 되지 않아요?"

"그렇지 않습니다. 그가 없다면 레이드는 성공하지 못할 것입니다."

"네?"

이영 공주가 눈을 동그랗게 뜨고 의아한 표정으로 장일성을 바라보았다.

장일성은 허탈한 미소를 지으며 사실대로 이야기했다.

"그러니까 그 사람의 마취제가 없다면 몬스터를 잡을 수 없다는 말인가요?"

"그렇습니다."

"흠, 그럼 그 사람 말이 맞겠네요. 얼마를 받느냐가 중요한 것이 아니라 얼마나 중요한 것인가의 문제, 즉 가치의 문제 죠. 그 사람이 없다면 레이드가 실패한다고 하면 그만큼 절대 적이라는 말인데, 그렇다면 그에 상응하는 대우를 해야죠."

"흐음, 알겠습니다. 생각해 보겠습니다."

"그런데 그 사람이 누구인가요?"

"이오열이라고, 조금 특이한 사람입니다."

"네? 이오열이요?"

"아시는 사람입니까?"

"네, 조금요."

"……?"

"호호, 그 사람이 이렇게 크게 성장할 줄 몰랐네요. 내가 아는 그 사람이라면 설득이 안 될 거예요. 그냥 그가 원하는 대로 해주세요. 단, 한시적으로 그 사람 말대로 무기를 만들 때까지만 그렇게 하고, 이후로도 부산물의 절반만 수당으로 지급하세요."

"그게 무슨 말씀인지 모르겠습니다, 공주님."

"만약 그 사람의 말이 맞는다면 그 절반으로 무기를 만들 어서 레이드에 꼭 필요한 사람들에게 싸게 판매를 하세요."

"아……그런 방법이 있군요, 공주님."

"오열이라는 그 사람, 별종이니 잘 다루셔야 할 거예요. 그 는 아바타를 만들기 위해 7개월 동안 혼자 땅만 판 사람이에 요. 저는 그 소리를 듣고 그를 얕잡아 보던 생각을 바꿨어요. 그때는 사람이 좀 그랬거든요."

"아바타로 접속했을 때 오열 군을 만나셨습니까?"

"네, 재미있는 사람이에요. 다른 고문님들과 감사기관에는 제가 말해 놓을게요. 걱정하지 마세요."

"그렇게만 해주신다면야……."

이영이 장일성 소장에게 이렇게 말할 수 있는 이유는 그녀 가 메탈사이퍼이기 전에 왕실에서 갖는 파워가 막강했기 때 문이다.

비록 왕위계승권자라 몬스터 사냥에 참가는 못하지만 영향력만큼은 가장 강력했다.

어린 나이에 영국 유학을 다녀온 재원이다. 동시에 그녀는 천재이기도 했다.

온갖 축복은 다 받아서 태어난 여인.

미인에 천재, 게다가 메탈사이퍼, 그리고 마음씨까지 착했다.

그야말로 완벽한 여자였다.

장일성은 유독 공주에게 약했다.

그는 그녀가 어릴 때부터 커오는 것을 보아왔다.

특별히 왕실과 친분이 있는 것은 아니지만 오랫동안 군에 몸을 담고 있던 중령 때 왕실근위대에 근무를 한 적이 있다.

그때 처음 이영 공주를 보았다. 그래서인지 그녀가 딸이나 조카처럼 여겨지곤 했다.

6장

새로운 무기

　장일성 소장은 이영 공주의 말대로 일을 처리했다.

　이영 공주는 나이는 어리지만 은근히 추종하는 무리가 많았다.

　미인에게 약한 남자가 대부분이었지만, 공주라는 신분과 친절한 미소가 그녀의 최대 무기였다.

　그녀는 뒤끝도 조금 있었다.

　그러니 그녀를 알고 있는 사람들은 이영 공주를 좋아하면서도 어려워했다.

　그녀 위에 이율 왕자가 있어 왕위 서열에서는 밀리고 있지만 만약 그녀가 왕위를 이어받으면 대영제국의 엘리자베스

여왕 같은 훌륭한 왕이 될 것이라는 말이 나올 정도로 많은 기대를 받고 있었다.

게다가 0.0001%에 속하는 선천적 메탈사이퍼라는 후광은 상상을 초월했다.

만약 그녀가 왕위계승자가 아니었다면 최고의 몬스터 사냥꾼이 되었을 것이다.

어느 누구도 그녀의 강력한 공격력에 반항하지 못할 것이다.

장일성은 빙그레 미소 지었다.

국가안전위원회는 정부기관이지만 왕실친위대 성격이 짙어 왕실의 영향을 아주 많이 받는다.

그러니 그녀의 말대로 해도 전혀 문제가 안 된다.

왕실이 책임을 지는 것은 외교와 국민의 안전에 관한 부분이다.

왕실이 그렇게 판단했다고 하면 그것으로 끝이다.

게다가 문제의 여지가 있을 수 없는 것이 오열의 말대로 대형 몬스터에게서 얻은 마정석으로 무기를 만들어보고 아니면 원상 복구시키면 그만이다.

'흠, 상당히 일리 있는 소리야.'

그도 마정석이 강한 것일수록 무기나 방어구의 성능이 올라가는 것은 알고 있다.

어쩌면 오열의 말이 맞을지도 모른다.

그렇게 된다면 앞으로 몬스터를 처치하는 것이 지금보다는 훨씬 쉬워질 것이다.

문제는 최소한 수십 명은 최고급 무기로 무장시켜야 하는데 지금의 시스템으로 불가능하다는 것이다.

그는 책상을 손가락으로 토닥토닥 두들기며 생각에 잠겼다.

만약 그렇게 되면 용의 기사단을 개편해야 할 필요성이 대두된다.

일단은 오열이 무기를 만들게 하여 그 성능을 지켜봐야 할 것 같았다.

그는 PMC에 전화를 걸어 이번 레이드에 대한 수당 지급을 중지하라고 말했다.

몬스터가 잡히고 나면 마정석에 있는 카오스에너지를 측정한 후 매각해서 수당을 지급하곤 했다.

그런데 이번에는 매각 자체를 중지시켜 버렸다. 담당 부서는 어리둥절해하면서도 바쁘게 일을 했다.

"엇! 이게 무슨 일이지?"

"무슨 일인데 그렇게 놀라나?"

"이번 명령서에는 한 사람 앞으로 매각 대금의 반이나 지불하도록 되어 있어."

"뭣?"

"쉿. 조용히 해. 여기서 하는 일은 기밀이라는 것 알지? 우리끼리도 조심해야 하지만 밖에서 나가 떠벌이면 자넨 바로 해고야."

"후후, 자네나 조심하게. 말을 하고 싶어 죽으려고 하는 표정이나 지우고 그런 말을 하지."

"와우, 그럼 이게 얼마냐. 매각 대금이 4,750억인데 그 반이면 2,375억이네. 엄청나구만."

"왜 이런 일을 하는 것인지 모르겠군."

"들리는 소문에 의하면 그 몬스터를 한 사람이 거의 다 잡았다고 하더라고."

"뭣? 그 거대한 놈을?"

"맞네. 그는 연금술사 출신의 전사라고 하더군."

"흐음, 그렇다면 이해가 아주 안 되는 것은 아니지만 너무 많은 금액인데."

"많아도 어차피 우리와 관계없는 돈이지."

"하긴."

"이번 매각 대금은 유난히 비싸군. 카오스에너지의 농도가 높았나 보군."

"맞네. 다른 모스터보다 3분의 1은 더 비싸네."

"부럽군, 부러워."

"몬스터와 싸우는 것은 생각보다 쉬운 일이 아니야. 난 부럽지 않네. 난 가늘고 길게 살고 싶거든."

"정말 부럽지 않나?"

"아니. 솔직히 많이 부러워."

"하하!"

둘은 웃으며 서류를 정리하기 시작했다.

회계부의 나종호 대리와 오승만 대리였다.

둘은 입사한 이후 이와 같은 큰돈을 배당 받는 메탈사이퍼를 처음 보았다. 그래서 놀란 것이다.

* * *

이영은 자리에 앉아 빙그레 웃었다.

그녀는 오열에게 관심이 많았다. 이성적인 관심은 아니지만 오열이 너무 독특했기 때문이다.

'그가 그렇게 강해졌단 말이지?'

장일성 소장에게 그의 이름을 들었을 때는 자신의 귀를 의심했다.

아바타를 접속하고 만난 사람은 별로 없었다.

현실에서 바빠지면서 접속 자체도 뜸해지고 있는데, 오열을 만나보고 싶은 마음이 들었다.

그가 왜 그렇게 강해졌는지 이해가 되지 않았다. 그와는 달리 자신은 별 진전이 없기 때문이다.

'아바타에 무슨 비밀이라도 있나?'

오열의 아바타를 조사해 보니 자신의 것보다 약간 좋은 기종이었다.

그렇다 하더라도 그 차이는 미미하여 이런 결과가 나올 이유가 없었다.

마침 그녀가 국가안전위원회(NSC)의 상임고문이라 오열에 대한 자료를 구하는 것은 쉬웠다.

오열에 대한 자료는 기밀로 분류되어 있지만 그녀는 그것을 열람할 권한이 있었다.

"호오!"

이영은 오열에 대한 자료를 읽으면 읽을수록 감탄했다.

그 야비하고 비굴하던 남자가 이렇게나 발전할 줄이야.

겉으로 본 그의 실력은 반도 안 보인 것이다. 그리고 그는 공주인 자신보다 장비가 더 좋았다.

그녀는 오열이 광물을 채취해서 만들었을 것으로 쉽게 추론되었다.

초기에 그는 샤벨타이거 하나 잡지 못한 허약한 사람이었다.

그런데 지금은 거대 몬스터를 거의 혼자 처지하고 있었다.

물론 힘이 아닌 연금술로 이룬 쾌거지만 놀라울 뿐이다.

자료 중에 동영상을 하나 클릭했다.

거대 거미 베르니어 위에서 곡예에 가까운 활약으로 잡는 그의 모습은 그녀에게 경이로웠다. 또한 그녀는 투지를 불태웠다.

'아바타로 몬스터 사냥에 참여할까?

이영은 뉴비드 행성에서 아바타를 가져오면 어떨까 하는 생각을 했다.

이영이 아무리 사람들 앞에서 얌전한 체를 해도 그녀는 메탈사이퍼였다.

몬스터를 보면 이상하게 피가 끓어올랐다.

그러면서도 결정을 하지 못하는 이유는 아바타로 획득한 능력이 현실과 이어진다는 것이다.

연구 결과에 의하면 뉴비드 행성에는 마나가 많아서 그 영향을 받는 것이라고 했다.

그러니 아바타를 가져오기도 힘들었다.

게다가 아바타는 동시에 두 개에 접속할 수 없다. 두 개의 아바타가 있다면 반드시 하나는 접속을 완전 차단하고 창고에 보관해야 한다.

"그를 만나봐야 해. 그런데 어떻게?"

주소와 전화번호까지 나와 있지만 그를 만날 방법이 없었다.

그렇다고 만나서 솔직하게 털어놓을 수도 없다.

쉽게 믿어주지도 않을 뿐만 아니라 말해주지 않을 가능성도 많았다.

그 남자라면 능히 그럴 것이라고 생각했다.

이영은 방법이 생각이 나지 않았지만 미소를 지었다. 이제 알았으니 방법이야 나중에 생각해도 된다.

밤하늘의 별이 흐릿한 빛을 내면서 어두운 하늘에서 서성였다.

이영의 마음도 바람에 흔들리는 나뭇가지처럼 서성였다.

사랑하고 싶은 나이인 그녀는 세상과 거리를 두고 항상 조심해 왔다.

그렇다고 남자를 사귀지 않은 것은 아니지만 깊게 사귀지를 못했다.

그것은 그녀가 공주라는 것, 메탈사이퍼라는 것이 가장 큰 이유였지만 남자에게 관심이 없어서이기도 했다.

"내일엔 더 좋은 일이 일어날 거야. 인생은 늘 긍정적으로 생각하는 사람에게 쉽게 문을 열어주는 법이거든."

이영은 희미한 불빛 아래서 생각에 잠겼다.

*　　　*　　　*

오열은 통장을 보고 기겁할 정도로 놀랐다.

수당이 지급되었다는 연락이 와서 무심결에 확인해 보니 두 번에 걸쳐 돈이 입금되었다.

특별 전투 수당으로 2,375억과 일반 수당 12억이었다.

오열은 자신이 건의한 내용이 이렇게 쉽게 받아들여질 것이라고는 생각하지 않았다.

그때 장일성 소장이 난색을 표하던 것을 생각해 보면 의외의 결과였다.

'왜?'

돈은 들어왔지만 이해가 되지 않았다.

이런 돈이 들어온 것을 보니 PMC가 자신의 의견을 받아들인 것 같았다.

더 높은 등급의 마정석으로 무기를 만들어야 한다는 것.

확신을 할 수는 없지만 오열은 자신의 생각이 맞을 것이라고 생각했다.

약한 몬스터의 생체에너지는 에너지소드에 쉽게 파괴되는 것을 보면 알 수 있는 일이다.

1+1=2처럼 명확한 것은 아니지만 조금만 생각해 보면 알 수 있는 일이다.

메탈사이퍼들이 몬스터의 마정석으로 에너지소드를 사용하면 수십 배나 쉽게 몬스터를 잡을 수 있던 것이 그 증거이다.

에너지소드가 몬스터의 생체에너지를 파괴할 수 있는 것이라면, 그것이 확실하다면 강한 몬스터의 생체에너지가 파괴되지 않는 이유는 단순해진다.

무기가 나쁘거나 메탈사이퍼의 능력 자체가 나쁘기 때문이다.

만약 전자, 즉 무기가 나쁜 것이면 인류에 희망적이다.

얼마든지 더 강한 무기를 만들 수 있을 터이니.

그러나 만약 메탈사이퍼의 능력 자체가 문제가 된다면 이는 훨씬 더 심각한 것이 된다.

하지만 오열은 걱정하지 않았다.

인간은 몬스터가 강해지는 속도에 맞춰 끊임없이 진화해 왔다.

"하아, 이러면 꼼짝 없이 무기를 만들어야겠군."

한 번 더 사냥을 하면 무기를 만들 수 있다는 것에 희망이 생겼다.

더 강한 무기는 모든 메탈사이퍼의 꿈이다.

강한 무기를 가졌다는 것은 그만큼 더 안전하다는 것을 의미한다.

그것은 또한 생존의 가능성이 높아진다는 것을 의미한다.

미친 사람처럼 히죽히죽 웃는 오열을 옆에서 이상한 눈빛으로 바라보는 아만다를 보며 오열이 은근한 눈빛을 보냈다.

그러자 아만다가 얼굴을 붉히고 고개를 돌렸다.

아만다는 4일 동안 관계를 안 가졌지만 한번 오열과 같이 자고 나니 그 따뜻한 느낌을 지울 수가 없었다.

뉴비드 행성에서는 늘 혼자 잤는데 밤새 옆에서 같이 잔다는 것만으로도 좋았던 것이다.

이런 느낌 때문에 오열의 얼굴이 못생겼다는 생각은 앞으로 하지 않기로 했다.

"왜요?"

"응, 생각보다 몬스터를 처치한 비용을 많이 줘서."

"그럼 좋은 거잖아요?"

"응. 그런데 무기를 바꿔야 하거든. 더 강한 무기는 안전을 담보해 주거든."

"당신이 안전해지면 나도 좋아요."

웃고 있는 예쁜 아만다를 뒤에서 슬쩍 끌어안고 오열은 손으로 그녀의 몸을 슬며시 더듬었다.

그녀는 이런 몸짓이 귀찮기도 하지만 은근히 기다려지기도 했다.

몸을 더듬고 섹스를 하려고 한다는 것은 자신을 좋아한다는 것을 의미하니까.

그래서 아만다는 이런 오열의 손길을 거부할 수 없었다.

그녀는 속으로 어서 아기가 태어나기만을 바랐다.

아기가 태어나야 자신의 사랑이 더 완전해질 것이라고 믿었다.

연인의 사랑은 언제든 헤어질 수 있지만 가족은 그렇지 않다.

그녀는 단지 사랑하는 사람과 행복해지고 싶을 뿐이다.

'나 잘하고 있는 것일까?'

아만다는 오열의 거친 숨결에 서서히 몸이 달아오르는 것을 느끼면서도 불안했다.

모든 것을 던진 여인은 늘 사랑에 불안해하게 마련이다.

잠시 후 거친 호흡과 비명이 방에 울려 퍼졌다.

젊음은 뜨겁고 때로는 과격하여 중간에 멈추지 못한다.

*   *   *

오열은 오랜만에 아바타에 접속했다.

나른하던 몸이 아바타에 접속하자 새로운 힘으로 넘쳐났다.

아바타의 몸은 오직 본체의 의식에만 종속되기 때문에 나타나는 현상이다.

오열은 접속하여 지니어스23호를 방문했다.

우주선은 그사이 또 변해 있었다.

자주 본 연구원과 군인들이 오열을 보며 인사를 했다.

오열도 가볍게 고개를 숙여 인사했다.

개인적으로 친한 사이는 아닌지라 그것으로 끝이었다.

이철수 대령을 대기실에서 한참을 기다렸다.

"미안하네. 실험이 있었네."

"아, 네. 갑자기 찾아온 제 잘못이죠."

"앉지. 어떤 차를 줄까?"

"커피요."

"하하, 여전히 커피를 좋아하는군."

나이가 어린 오열과 조금 친해진 후로 이철수는 스스럼없이 그를 대했다.

그런데 오늘은 그 옆에 여자 연구원이 보였다.

"이쪽은 강화연 소령이네. 메탈드워프이면서 물리학 박사이기도 하지."

"안녕하세요. 이오열이라고 합니다."

"반가워요. 이야기 많이 들었어요."

오열은 인사를 나누며 40대 후반으로 보이는 강화연 소령을 바라보았다.

우주선에 여자가 아주 없는 것은 아니지만 특히나 연구직에는 많지 않았다.

메탈드워프 자체가 워낙 희귀했고 여자는 그 수가 더 적었다.

"강 소령과 나는 자네의 무기를 만들면서 좀 더 효율적인 무기가 가능하지 않을까 하는 생각을 가지게 되었네."

"네, 어떤?"

"무기의 공격력은 주로 합금 소재와 마정석으로 결정되지. 이곳에서 만들어질 때는 거기에 에너지스톤과 마나석을 결합시킴으로써 효율성을 증폭시켜 왔지. 그런데 이것들이 말이야, 아주 힘들어. 세 가지의 서로 다른 성질이 도무지 결합을 하지 않으려고 한다는 거야. 게다가 이 세 가지 물체가 따로 놀다 보니 그 효율성이 아주 낮아. 에너지 낭비가 많아지면서 공격력이 약화되고 있어. 그래서 우리는 마정석에서 일정한 에너지를 뽑아서 사용해 보면 어떨까 하는 연구를 해오고 있었지."

오열은 이철수의 말을 듣고 머릿속에 환한 빛이 떠올랐다.

아주 쉽고도 강한 무기를 만드는 법이 말이다.

"혹시 어떻게 무기를 만들고 있으신지 말해줄 수 있나요? 즉 마정석과 에너지스톤, 그리고 마나석이 들어가는 공간이 각각 다른가요?"

"물론이네. 그 세 가지의 성질은 서로 특징이 너무 강해 하나로는 절대로 융합이 되지 못하네."

"흐음, 그렇군요. 만약 세 가지 성분을 하나로 융합시킬 수 있다면 어떻게 될까요?"

"지금 우리가 연구하고 있는 일이 바로 그것이지. 만약 그 것들을 하나로 융합시킬 수 있다면 아마도 무기의 능력치가 지금보다는 몇 배는 증가할 걸세."

"아!"

오열은 이철수의 말을 듣고 감탄했다.

세 가지 성분을 추출하여 무기에 넣는 것은 어떤 메탈드워프라도 쉽게 할 수 있으리라.

하지만 이 세 가지 성분을 하나로 모으는 일은 연금술사만이 할 수 있다.

"그건 제가 할 수 있는데요."

"뭐, 뭐라고?"

이철수가 오열의 말에 두 눈을 부릅떴다.

이는 강화연 소령도 마찬가지였다. 놀라 눈을 동그랗게 뜬 모습을 보니 나이가 적지 않음에도 상당히 귀여웠다.

"저 연금술사예요. 모르셨어요?"

"아! 이거 참 뒤통수 맞은 느낌이군. 이렇게 가까이에 해답이 있었는데 내가 왜 자네 생각을 못했는지 모르겠군."

"그거야 저는 땅굴만 잘 파는 놈으로 알고 있어서 그랬겠죠."

"허허허."

오열의 농담에 이철수는 대답을 못하고 허탈하게 웃기만 했다.

사실 오열의 말이 맞았다.

그는 연금술사가 뭘 할 수 있겠는가 했다.

생각해 보니 연금술사가 무엇을 하는 직업인지 잘 몰라서 이철수는 얼굴을 붉혔다.

"뭐 어쨌거나 제가 할 줄은 알아요."

"어떻게 말인가?"

"그것은 당연히 영업 비밀이죠."

"허허허, 이것 참, 내가 잘못했네."

이철수는 '이것 참'을 연발하며 오열이 방법을 가르쳐 주기를 원했다.

하지만 장사 노하우를 아무런 이익도 없이 공개하는 것은 바보들이나 하는 짓이다.

"그건 연금술사가 아니면 알 수 없어요. 제가 메탈드워프가 하는 것을 하지 못하는 것처럼 말이죠."

"흐음, 그, 그런가?"

오열은 이철수의 반문에 가볍게 고개를 끄덕였다.

오열은 메탈드워프들이 하는 짓을 잘 알고 있다.

원가는 얼마 하지 않는 것도 그들의 손만 거치면 가격이 적게는 두 배, 많게는 수십 배까지 폭등한다.

메탈드워프가 어려운 직업이라는 것을 고려해도 그 정도가 심했다.

"이보게, 그 기술이 있으면 지구는 몬스터의 위험으로부터 조금 더 자유로워질 수 있네."

"그렇군요. 그것이 정말이라면 저도 애국심은 아주 많으니 적극적으로 협력하겠습니다."

오열은 속으로 '단, 돈은 받고요!' 하며 힘껏 외쳤다.

지금도 메탈드워프들이 무기나 장비를 저렴하게 만들어준다고 하지만 여전히 공임비가 비쌌다.

예전에 비해 싸졌다는 것이지 원가 대비하면 턱없이 비싼 것은 여전했다.

"그러면 우리 앉아서 차분하게 이야기를 해보세."

"네, 그러죠."

오열은 아쉬울 것이 별로 없었다. 그에게 인류를 구원해야 할 의무 따위는 없었다.

다만 메탈사이퍼인 그로서는 몬스터가 나타나면 닥치고 싸우면 그만이다.

그런데 그것을 반드시 해야 하는 사람들이 따로 있다.

정부와 PMC는 메탈사이퍼들을 공권력으로 이용하고 있을 뿐이다.

그것은 어쩔 수 없는 일이다.

모든 메탈사이퍼의 각성을 공짜로 해주는 곳이 바로 정부와 PMC이기 때문이다.

그러기에 메탈사이퍼들은 원천적으로 정부의 명령을 거부하지 못한다.

메탈사이퍼들은 물론 돈을 많이 번다.

그것은 몬스터의 부산물인 마정석에 들어 있는 카오스에너지의 가치 때문이지 정부가 메탈사이퍼를 대우해 줘서 버는 것은 아니다.

그것은 사냥꾼이 토끼를 사냥해서 시장에 그냥 내다 파는 것과 다를 바가 없다.

단지 그 고기가 우연히 비싸게 팔려서 돈을 조금 버는 것뿐이다.

메탈사이퍼는 본질적으로 목숨을 담보로 돈을 버는 몬스터 헌터다.

이철수는 들뜬 음성으로 오열이 어떻게 그것을 만들 수 있느냐고 물었지만 오열은 단지 연금술로만 가능하다고 말했다.

메탈드워프들도 자신들의 노하우를 남에게 절대로 공개하지 않는다.

상황이 그러하니 오열이 말을 해줄 이유가 없는 것이다.

"흠, 그러니까 세 개로 나눠서 공간을 만들지 말고 하나로 만들어달라고?"

"네, 그러면 나머지는 제가 연금술로 채워 넣겠습니다."

오열이 이렇게 말하는 이유는 이렇게 해야 차후라도 자신의 마음대로 무기를 업그레이드 할 수 있기 때문이다.

"그, 그거야 문제는 안 되지만 그렇게 되면 다른 사람들의 무기나 장비들을 만들 때는 어떻게 하는가?"

"그것도 제가 해야죠."

"정말인가?"

"물론이죠. 공짜로 해주는 것도 아닌데 제가 마다할 이유가 없죠."

"돈을 받는단 말인가?"

"그럼요. 무기의 성능이 올라가면 그만큼 가격이 비싸지지 않겠습니까?"

"그야 그렇지."

"바보가 아니라면 그것을 공짜로 해주지는 않겠죠."

"아, 그렇군."

오열은 돈이 넝쿨째 굴러들어 오는 것을 느끼며 사악하게 웃었다.

하지만 이철수는 탐욕적인 메탈드워프가 아니다.

오히려 과학자에 가까운 사람이다.

그래서 이윤에 대해서는 민감하게 반응하지 않는다.

그냥 시세가 얼마이니 이 정도면 되겠지 하는 식으로 가격을 책정하고는 했다.

게다가 대부분 그가 만든 무기와 장비는 군인들이 사용하기에 돈을 받지 않는다.

"마정석이 커도 괜찮겠습니까?"

"얼마나 큰데?"

"요만 해요"

오열은 자신의 머리를 디밀었다.

그의 큰 머리를 보고 이철수가 조금 놀라는 표정을 지었다.

"대형 몬스터인가?"

"네, 거의 5천억 가까이 되는 마정석이라고 하더군요."

"오호, 굉장하군. 그 정도의 마정석으로 무기로 만들면 대단하겠는걸. 그런데 왜 그렇게 비싼 마정석을 무기로 만들려고 하는가?"

"저번에 주신 그 총 있지 않습니까?"

"있지. 그게 고장이라도 났는가?"

"아뇨. 그건 아닙니다. 이번 몬스터를 사냥할 때 총을 쐈는데 몬스터의 몸에 박히지 않았습니다."

"뭐?"

이철수는 오열의 말을 듣고 믿지 못하겠다는 표정을 지었다.

자그마치 아다티움으로 만든 무기다. 최고의 금속으로 만들어 자신만만했다.

지금 하는 연구는 아다티움을 적게 들이고 더 강한 무기를 만들려고 설계도를 변경한 것뿐이지 무기 자체에는 이상이 없었다.

"지구에 나타난 몬스터가 그 정도로 강하단 말인가?"

"예, 메탈사이퍼의 에너지소드가 아예 박히지 않았습니다."

오열의 말에 이철수 대령이 놀라 눈을 크게 뜨고 입을 한껏 벌렸다.

이는 옆에서 듣고만 있던 강화연 소령도 마찬가지였다.

"그렇다면 그것은 무기의 문제일 수도 있겠고, 아니면 메탈사이퍼의 능력이 몬스터와 워낙 차이가 나서 그런 일이 발생할 수도 있겠군."

오열의 말을 듣고 이철수는 바로 문제의 핵심을 짚었다.

그는 심각한 표정을 지었다.

메탈드워프들이 여유를 부리는 동안 몬스터가 진화하는

속도가 너무나 빨랐다.

사실 메탈드워프도 할 만큼은 했다.

그들도 기계가 아닌지라 매일 무기나 장비를 만드는 것은 무리가 있었다.

메탈드워프들은 각성을 한 후에도 다른 직업군과는 달리 과학적 지식을 따로 배워야 하기에 전문성으로 따지면 가장 고급 인력에 속하였다.

그러기에 사회적으로도 지위가 제법 있는 사람이 많아 메탈사이퍼들이 사용하는 무기와 장비를 굳이 만들지 않고도 충분히 먹고살 만했다.

오열은 이철수와 이야기하며 자신의 무기를 만들 때 마나석과 마정석, 그리고 에너지스톤을 넣는 곳을 하나로 만들어 달라고 했다.

이철수는 기꺼이 그렇게 해주겠다고 했다.

이야기가 끝나자 이철수는 오열에게 며칠 안으로 무기가 만들어질 것이라고 했다.

"이번에도 아다티움으로만 만들어주겠네. 저번에 자네가 준 아다티움 금속이 아직 남았으니 말이지. 문제는 다른 메탈사이퍼들이 사용할 무기이네. 그것들을 이곳에서 만들어 지구로 보내면 비효율적이야. 엄청난 에너지 낭비지. 그래서 이곳에서 만들어보고 그것이 괜찮은 성과가 나면 합금 재료와 설계도를 지구에 보내서 그곳에서 만들어야 할 거야."

"그게 낫겠네요."

"이것이 의미하는 바가 무엇인지 알겠는가? 자네가 지구에서 따로 시간을 내어 작업을 해줘야 한다는 것이지. 물론 이번에 만드는 무기야 자네가 여기서 작업해 주면 되겠지만 말일세."

"그렇군요. 하하, 시간이 되면 그렇게 하죠. 그런데 땅굴도 세 개나 파야 하는데 시간이 날지 모르겠어요."

"그, 그렇지. 자네가 바쁜 것이 가장 큰 문제군."

오열은 몸값을 올리려고 한 말이지만 실제로 바쁘기도 했다.

아만다와 함께하는 시간도 있어야 하고, PMC에게 약속한 땅굴도 파야 하고, 몬스터가 도심에 나타나면 의무적으로 출동도 해야 하고, 더 나이트 길드의 길마 노릇도 해야 한다.

하지만 돈을 버는 일인데 거절할 그가 아니었다.

오열은 이철수 대령에게 세 가지 원석을 가공하는 방법에 대한 자료를 넘겨받았다.

무기에 마정석과 원석들이 어떤 역할을 하는지에 대한 내용들이었다.

이것들은 워낙 기본적인 원리에 관한 것이기에 메탈드워프의 특유의 능력과는 무관한 것들이다.

하지만 그런 내용을 알아야 네트를 이용하여 세 가지 원석을 혼합하여 무기에 장착할 수 있기에 꼭 필요한 것이었다.

　　　　*　　　*　　　*

오열은 다음 날 일찍 제7던전에 도착해서 사냥을 했다.

이전과 다르게 길드원이 많이 늘어나서 제법 여유로운 사
냥이 가능해졌다.

특히 힐러들이 보충되어 쉴 수 있게 되면서 분위기가 많이
부드러워졌다.

"길드장님, 몬스터 부산물에 대해 드릴 말씀이 있습니다."

"네?"

새로 길드의 살림을 맡아서 하게 된 장칠부 총무가 조심스
러운 말투로 오열에게 말했다.

"길드장님이 나오지 않는 날에는 그것들을 어떻게 할까요?
다른 길드처럼 해야 할지, 아니면 길드장님이 따로 회사를 만
드실지 궁금해서요."

"……?"

오열은 장칠부가 왜 이런 말을 하는지 이해가 되지 않아서
가만히 있었다.

그러자 그가 다시 조심스러운 어조로 말한다.

"대부분의 길드는 중간에 작은 회사를 차려 유통 마진을 남
겨 먹습니다. 물론 그렇게 해도 가디언스 길드가 운영하는 대
성실업하고 거래를 해야 관계가 껄끄럽지 않겠지만 말입니다."

오열은 장칠부의 이야기를 듣고 보니 고민이 되는 부분이다.

비록 비축한 네트가 있지만 다른 사람들의 장비와 무기를 만드는 데 사용하게 되면 많이 부족하게 될 것이다.

이제 한동안 뉴비드 행성에서 땅이나 파야 할 신세로 전락하기에 따로 몬스터를 사냥할 시간이 없어져 네트를 모을 방법이 없어진다.

우주함선에 있는 한국군이 따로 광산을 개발하기는 하지만 효과가 미미했다.

시간은 오래 걸리고 채취한 양은 많지 않았다. 그래서 PMC가 틈만 나면 오열에게 광산 개발에 대해 전화를 해오곤 했기에 더 이상 미루기가 힘들었다.

"그러면 회사를 만들어서 하면 얼마의 이익이 생깁니까?"

"저희가 사냥하는 양으로 볼 때 한 달에 40억 이상의 유통 마진이 생깁니다. 이는 대부분의 기업이 보장해 주는 최소의 마진입니다. 물론 길드원이 늘어나고 사냥하는 몬스터의 양이 증가하면 이익은 더 늘어날 것입니다."

오열은 장칠부의 말을 듣고 길드가 운영하는 회사가 필요하다는 생각이 들었다.

몬스터의 부산물이 연금술을 하는 데 필요했기 때문이다.

또한 공돈이 생기는데 마다하는 것은 예의가 아니다.

"그러면 장준식 부길마하고 의논해서 회사를 하나 만드세요."

"길드장님이 직접 만드실 생각은 없으신 것인가요?"

"네, 같이 버는 것인데 같이 나눠먹어야죠."

오열은 혼자 꿀꺽하고 싶은 생각도 있었지만 길드에 소홀히 할 수밖에 없는 연금술사이다 보니 욕심을 내면 추해질 것 같았다.

다만 회사가 생기면 자신에게 유리하게 운영하면 된다.

*   *   *

오열은 아다티움으로 만들어진 총을 바라보았다.

이전의 것보다 작고 멋졌다.

마치 예술작품처럼 섬세하게 만들어진 총은 척 봐도 명품이었다.

그의 손에는 주황색 마정석이 들려 있었다.

무려 4,750억이나 하는 마정석을 간도 크게 샀다.

장일성 소장이 전화를 걸어와 강제 매각을 한 것이다.

오열도 2375억이나 받아서 거절하기도 애매했다.

어차피 다음 몬스터가 나올 때까지 몬스터 부산물의 50%의 지분을 확보해 주겠다는 말을 듣고서는 망설일 수가 없었다.

있는 돈을 탈탈 털고도 모자라서 1,200억이나 되는 돈을 PMC에게 대출받았다.

법정 이자보다 싸게 준다고 하기에 그냥 사버렸다.

1,200억은 가지고 있는 에너지스톤이나 마나석을 팔아도 나오는 돈이기에 걱정하지는 않았다.

더구나 그는 새롭게 무기를 만들어 시험해 보고 싶은 마음이 너무나 강했다.

그것은 주체할 수 없는 호기심이었고 하루라도 빨리 강한 무기를 갖고 싶은 연금술사의 마음이기도 했다.

총을 쏴서 몬스터를 처치할 것이면 강한 무기를 갖는 것이 빠를수록 좋다고 생각했다.

"휴우, 굉장하군. 마정석만 놓고 본다면 하루빨리 지구로 가보고 싶군. 그렇게 멋진 마정석을 보게 될 줄이야."

이철수가 눈이 부시다는 표정으로 마정석을 바라보았다.

그가 들고 있던 주황색 마정석이 빛을 받아 보석처럼 반짝이고 있었다.

이철수는 마정석을 가공 기계에 놓고 세밀하게 작업하기 시작했다.

다이아몬드처럼 단단한 마정석이 흐물흐물해지더니 점점 작은 입자로 보이기 시작했다.

한 시간쯤 지나니 물처럼 맑은 진액이 빠져나가자 핏빛 주황색의 작은 결정체로 변했다.

오열은 물처럼 변한 연한 젤리들을 보며 의아했다.

어떻게 된 것인지 이해할 수 없었다.

역시 메탈드워프의 영역과 연금술사의 영역은 너무나 달랐다.

만약 그라면 이것을 생명력으로 만들거나 카오스에너지로밖에 변환시키지 못한다.

그런데 메탈드워프는 전혀 다른 방식으로 가공했다.

"저건 버립니까?"

"그렇지. 쓸모도 없는 것을 가지고 왜 그러나?"

"그럼 저거는 제 것이니 제가 가져갑니다."

"그러게."

이철수 대령이 이상한 눈빛을 하며 오열을 바라보았다.

그까짓 쓰레기를 가져가서 무엇하느냐는 눈빛이다.

오열은 찌꺼기를 보고 혹시 재활용할 수 있지 않을까 막연히 생각했다.

연금술사에게는 버릴 것이 없기 때문이다.

하다못해 조금이라도 생명력이 남아 있을 것이다.

거대한 마정석이 작은 구슬로 변했는데 낭비되는 에너지가 없다는 것은 말이 안 된다.

일단 조사를 하고 버려도 늦지 않았다. 거의 5천억 가까운 마정석이 아닌가.

'젠장, 이러니까 메탈드워프가 만드는 기계들이 비쌌군.'

낭비되는 재료가 많았다.

메탈드워프들은 카오스에너지를 추출할 때에는 당연히 연

금술사보다 효율성이 좋다.

하지만 각 성분을 가지고 결합시켜 새로운 물체로 만드는 데에는 물리학적 지식이 옅어 그 효율성이 매우 낮았다.

반면 연금술사는 원천적으로 에너지를 추출하는 기술은 메탈드워프에게 뒤떨어지지만 그것을 변환하고 결합시키는 능력은 더 뛰어났다.

오열은 맑은 젤리를 보며 빙긋 웃었다.

뭔가 있어 보인 것이다.

오열은 에너지스톤이 가공되는 과정도 지켜보았다.

역시 마정석을 가공하는 것과 동일했다.

"압착하는 것인가요?"

"비슷하지. 고열로 가열하면 에너지는 본래의 성분이 유지되는 것이 있고 없어지는 것이 있네. 카오스에너지는 마정석에 있는 에너지를 거의 100% 뽑아낸다면 이런 압착은 70% 정도밖에 에너지를 보존시키지 못해. 하지만 어쩔 수 없는 일이지. 저런 거대한 크기의 마정석을 무기에 부착한다면 아마도 전투 자체가 불가능할 테니까."

"그렇겠지요."

오열은 원리는 쉽게 이해할 수 있었지만 동일하게 만들 수 있을 것 같지는 않았다.

원석을 압착하여 그 크기를 극도로 줄이는 방법은 대장장이라도 못할 정도로 뛰어난 기술이다.

언뜻 보면 메탈드워프들이 한 일이 연금술사들이 한 일과 유사해 보이지만 전혀 달랐다.

메탈드워프들은 원석의 성분을 거의 바꾸지 않고 작업하는 반면 연금술사는 화학적 변환을 한다.

"자, 이제 되었네. 이제부터는 자네의 일이지."

이철수가 내민 작은 결정체들을 받았다.

핏빛 주황색 마정석, 붉은 에너지스톤, 백색의 마나석이 불빛 아래에서 반짝인다.

크기로만 본다면 허탈하기 짝이 없다. 수천억 짜리의 원석이 극도로 작아져 있다.

아주 간단한 작업으로 보이지만 오열은 결코 따라 할 수가 없는 일이다.

세 개의 원석이 가까이에 있으면 서로 밀어내는 성질을 가지고 있기 때문에 그것들이 놓인 테이블이 심하게 흔들렸다.

오열은 가공된 네트를 꺼내 서로 다른 성질을 그 속에 집어넣었다.

그리고 뚜껑을 닫자 불이 들어오고 작동되었다.

그 모습을 본 이철수가 너무 놀라 입을 제대로 벌리지도 못한다.

"어떻게 한 것인가?"

"서로 배척하지 않고 융합하게 만들었습니다."

"융합이라, 융합……. 굉장한 일이군. 이런 방식은 상상도 하지 못했어!"

"연금술은 생각보다 쓸모가 많아요."

"쓸모가 많은 정도가 아니라 이건 혁명이야!"

그는 마치 자신이 대단한 것을 발견한 것처럼 기뻐했다.

오열은 무기를 그에게 넘겨주었다.

그는 무기를 가지고 실험실에서 강도 측정을 하고 무기의 공격력을 표시하였다.

980,000KP.

원거리 공격 무기가 일반적으로 공격력이 낮은 것을 생각한다면 거의 충격적인 능력치였다.

"역시 공격력이 대폭 증가했군. 대단해. 대단하고말고."

오열은 이철수의 찬사를 들으며 무기를 넘겨받았다.

이 무기 하나가 5천억이 조금 넘는다.

마정석 한 개와 에너지스톤 두 개, 마나석 세 개가 들어갔다.

총알의 탄두 부분은 아다티움으로 만들었다.

총의 탄두는 일반적으로 납으로 되어 있고 방탄복이나 철판을 뚫을 수 있는 특수한 경우에는 텅스텐을 쓰기도 한다.

그런데 아다티움으로 만들었으니 그 위력은 생각만 해도 아찔했다.

"젠장, 총알이 아까워서 함부로 쏘지도 못하겠네."

오열이 총알을 보며 투덜거리자 이철수가 빙그레 웃었다.

총알 하나의 가격은 계산이 되지 않는다.

일단 탄두에 화학물질을 집어넣을 수 있도록 설계되었기에 총알 자체가 굉장히 큰 편이다.

그리고 그것을 제삼자가 조립할 수 있게 만들었으니 일반 총알보다 메탈사이퍼의 손이 많이 갔다.

게다가 화약이 들어가야 할 탄피 안쪽에는 에너지스톤의 가루로 만들어 넣었다.

오열은 자신의 주문대로 만들어준 것이지만 보자마자 얼굴이 구겨졌다.

돈 먹는 하마였다.

"뭐 공짜로 쏘는 것은 아니지 않는가?"

"물론 그렇죠. 그래도 아까운 것은 아까운 것이죠."

"하하하, 그렇긴 하지."

이철수는 가만히 웃기만 했다.

사실 뉴비드 행성에서 아바타들이 몬스터를 사냥할 때 사용하는 총알은 모나베라 합금이 조금 들어가긴 했지만 그 강도가 텅스텐보다 두 배 정도 강할 뿐이다.

이곳의 몬스터는 그렇게 강한 편이 아니어서 그 정도만 해도 충분했던 것이다.

"절대로 사람을 향해 쏘지 말게. 이번에는 총알의 회전이 더 빠르고 강해 아무리 강한 메탈사이퍼라도 한 방에 죽을 것이네."

"무서운 총이군요."

오열도 고개를 젓고는 쓰디쓴 미소를 지었다.

성질난다고 깝죽거리던 놈들을 한 방에 보냈더니 그것이 올무가 되어 목에 개줄이 덕지덕지 걸렸다.

국가에서 오라고 하면 오고, 가라고 하면 가야 한다.

그것을 생각하면 화가 났다.

충분히 죽어 마땅할 놈들이라도 정부의 입장은 달랐다.

사회는 선한 자들만으로 구성할 수는 없다.

선한 자가 있으면 악한 자도 있는 법.

악한 자들을 모두 제거한다면 사회는 유지될 수가 없다.

왜냐하면 선한 자도 언제든지 악한 자가 될 수 있고 악한 자도 또한 선한 자가 될 수가 있기 때문이다.

그런데 성질 더러운 놈들이라고 해서 150명을 골로 보냈으니 정부도 대처하기가 힘든 것이다.

절대적인 선이란 없다.

상대적인 관점에서 본다면 붉은 늑대는 충분히 악이었지만 그들과 관계를 맺은 수많은 사람은 다르게 볼 수도 있는 것이다.

그들의 가족, 연인, 친구들에게는.

살인마도 자식에게는 좋은 아버지가 되고 싶어하는 법이니까.

하지만 오열은 그들을 죽인 것은 후회하지 않았다.

그는 죽어 마땅한 놈은 죽어야 한다고 믿었다.

지금도 먼저 덤비는 놈이라면 언제든지 반격해 줄 생각을 가지고 있다.

"자, 이제 지구를 구하러 가야지, 슈퍼맨?"

"아직 망토와 삼각팬티를 구입하지 못한 관계로 지구를 구할 수가 없어요."

"하하, 그 말이 아니라 지구에 있는 메탈드워프들에게 가서 자네가 가진 그 연금술 솜씨를 보이란 말이지."

"아직 시간의 여유가 있지 않나요?"

"이미 설계도를 보냈네. 총과 활, 그리고 에너지소드 등 자네가 만들어야 할 무기는 수없이 많네."

오열은 흐뭇하게 웃었다.

메탈드워프들은 자신이 연금술로 만든 재료를 모르니 이제는 자신이 갑의 위치에 서게 된 것이다.

'흠, 재료를 몰라보게끔 조작을 해야겠군.'

재료를 안다고 하더라도 쉽게 따라 만들 수 있는 것은 아니지만 뽑아 먹을 만큼 뽑아 먹은 다음에 정보가 유출되어도 되어야 한다.

사실 처음이 어렵지 따라서 만드는 것은 굉장히 쉽다.

극단적으로 말하면 1년 동안 연구하고 실험한 결과물을 따라 하는 것으로는 일주일 만에도 만들 수 있다.

문제는 상상력, 즉 아이디어다.

"아참, 광산 개발은 언제부터 할 것인가?"

"빨리 해야죠. 그게 귀찮은 목줄인데 얼른 청산해야죠."

"하긴 우리도 광물이 조금 급하네."

"여기 있는 사람들은 대부분 군인인데 화약을 다룰 줄 아는 사람이 그렇게 없어요?"

"왜 없겠나? 있지. 하지만 이곳의 지형은 상당히 독특한 구조로 되어 있네. 군인들은 다리나 건물을 폭파하는 훈련을 받기는 했지만 땅굴 파는 것을 배운 것은 아니지 않는가. 특히나 이곳의 광물들은 너무 깊이 숨겨져 있네. 그것도 대부분 암석들 사이에 있어서 파내기가 여간 곤란한 것이 아니지."

"하긴 조금 까다롭기는 하죠. 가장 급한 것이 뭐죠?"

"물론 에너지스톤이네. 그것은 포탈의 운영과 우주선 동력으로도 쓰이니까. 양자발전기가 수리된다면 모르지만 그것은 현실적으로 시간이 상당히 걸릴 것이고, 아쉬운 대로 에너지스톤을 써야 하지. 그런데 이게 조금 급하네. 아마스트라스 숲의 자원도 무한한 것이 아니니까 말이네. 가능한 우리가 먼저 빨리 캐내는 것이 시급해."

"그렇군요."

"이번에 우리가 발견한 에너지스톤이 있는 곳은 아마스트라스 숲의 북쪽 끝이네. 아마도 그것을 개발하고 나면 한동안 에너지스톤을 찾지 못하게 될 가능성이 높네."

"북쪽 끝이면?"

"익룡의 숲이지. 비행몬스터가 있기에 쉽지 않은 곳이지."

"아, 비행몬스터라……."

"네오23 부스터가 있으면 쉽지 않을까요?"

"유감스럽게도 그 장비를 장착한 아바타는 열 명이 채 넘지 않네."

"……?"

"에너지스톤을 아껴야 하거든."

오열은 이철수의 말에 고개를 끄덕였다.

우주선이 움직이지 못한다면 가능한 한 아마스트라스 숲을 벗어나지 않고 자원을 구해야 한다.

따로 자원을 개발하는 팀을 만들려고 해도 역량이 달린다.

게다가 우주선 내에 있는 네 개의 국가가 뜻이 잘 맞는 것도 아니다.

UN의 감시하에 원래 주어진 역할에 충실할 뿐이었다.

"그런데 땅굴을 파고 있는데 지구에서 대형 몬스터가 도심에 나타나면 어떻게 하죠?"

"아, 그것은 자네의 아바타 고유 넘버가 있으니 송신이 가능할 것이네. 이곳으로 오는 것이 아니라 자네의 의식 속으로 직접 송신하는 것이니 문제는 없네. 다만 기분은 안 좋을 것이네."

"감시받는 것 같네요."

"하하, 그것은 아닐 걸세. 인권과 사생활 보호가 엄격하니 자네의 사생활을 엿보거나 하지는 않을 거야. 하지만 여전히 기분이 나쁘기는 하겠지. 의식 속으로 침범해 오는 다른 존재, 또는 목소리는 결코 유쾌하지 않거든."

오열은 아다티움건을 들고 폼을 잡아보았다.

너무나 멋진 무기다.

역시 돈값을 했다. 명품이 괜히 명품이 아닌 것이다. 겉모습만 멋진 게 아니라 성능 자체도 굉장했다.

"무기 이름 안 짓나?"

"이름 따위를 뭐하러 지어요. 그래 봐야 총인데요."

"그렇다면 세계적으로 명성이 가득한 네베이통은 왜 가방에 이름을 짓겠는가?"

"그거야 걔네들은 가방의 종류가 많으니 지들끼리도 헷갈릴 것 아니에요. 일의 효율성을 위해서 이름이 필요하죠. 그렇다고 1번 가방, 2번 가방 이렇게 부를 수는 없잖아요. 상품인데. 하지만 저는 달랑 이거 하난데 그냥 총이라고 하면 되죠."

"흠, 독특한 이론일세."

오열은 자체 발광하는 총을 들여다보고는 손으로 쓰다듬었다.

이름 따위야 어떻든 멋지기는 했다.

"나중에 에너지소드도 하나 이렇게 만들어주세요."

"또 말인가?"

"저라고 총만 쏘라는 법은 없잖아요."

"그렇긴 하지."

이철수는 말을 하면서도 마음에 들지 않는지 이마를 찌푸렸다.

오열은 그를 이해했다.

그라고 언제까지 공짜 무기를 만들어주겠는가.

모두 광산 개발 때문인데 그것이 서로 윈윈 작전이라 하더라도 결코 바람직한 것은 아니다.

오열이 에너지소드도 만들려고 하는 것은 강한 무기를 가지고 있는 것은 모든 메탈사이퍼의 꿈이기도 했지만, 장일성 소장의 말에 의하면 무기를 만들 때에만 몬스터의 부산물 50%를 준다는 것이다.

그러니 에너지소드를 만들든 만들지 않든 별 차이가 없는 것이다.

오열은 이철수가 주는 지도를 살펴보았다.

그의 말대로 에너지스톤이 묻혀 있는 표시가 보였다.

직접 가봐야겠지만 화면상으로 보이는 것으로 볼 때 광산으로 개발해도 괜찮을 것 같았다.

'하아, 이제 또 두 달은 두더지 생활을 해야겠군.'

지하 광물에서 나오는 신호의 파장을 봐서는 이번에도 역시 지하 깊숙이 묻혀 있다.

오열은 땅굴을 파는 것에는 불만이 없었다.

그도 에너지스톤이나 광물이 필요하기 때문이다. 문제는 요즘 시간이 없다는 것이다.

오열은 총과 총알을 포탈로 부치면서 예전에 캔 은을 생각 했다.

고블린에게 고구마와 감자를 주고 캔 것 중에 은이 상당히 많았는데 그것이 지하 창고에서 자고 있다.

이참에 그것을 금으로 바꿔서 지구로 가져오고 싶었다.

1,200억의 빚을 빨리 갚고 싶었다.

빚이라는 것은 목에 걸린 가시와 같아서 언제나 사람의 마음을 불편하게 만든다.

오열은 아바타를 접속한 김에 메텔레스 영지로 갔다.

더 이상 이 행성에 있지 않을 것이니 자신의 재산을 정리하는 것이 나았다.

우주함선을 나와 네오23 부스터를 켜고 하늘을 날아올랐다.

하늘을 날면서 슈퍼맨처럼 손을 앞으로 내밀었다.

폼은 멋진 것 같은데 손을 머리 위로 뻗고 있어서인지 벌서는 느낌이 들었다.

그렇다고 손을 얌전하게 옆에 두자니 너무 무방비한 포즈여서 내키지 않았다.

그래서 속도가 늦더라도 적당한 포즈를 취하고 날았다.

오랜만에 본 메텔레스 영지는 비약적으로 발전하고 있었다.

도시는 예전보다 사람이 많았고 활기차 보였다.

데논 평야에서 가져오는 밀과 고구마, 감자가 영지를 풍요롭게 만들고 있었다.

발전된 도시였다면 감자와 고구마 따위는 눈에도 들어오지도 않겠지만 이 한적한 지방에서는 그것은 외면하기 힘든 것이었다.

고구마를 증류하여 만든 술을 팔고 있기에 세수가 많이 늘어났고, 그것이 도시가 발전하는 이유 중의 하나였다.

고구마로 만든 술은 도수가 강하면서도 담백한 맛을 가지고 있고 다음날 뒤끝도 없어서 제법 비싸게 팔렸다.

문을 열고 들어가자 제프가 그를 바라보며 깜짝 놀란다.

"오열님 아니십니까?"

"제프, 잘 지냈어?"

"저야 잘 지내고 있습니다."

오열이 제프가 입고 있는 옷이 멋지고 고급이라 그를 쳐다보니 얼굴을 붉힌다.

아마도 연애를 하는 모양이다.

"축하할 일이 있는 것 같은데?"

"네, 조만간 결혼할 것 같습니다."

"워! 축하해. 결혼 선물도 하나 줘야 할 텐데. 그러나 브로도스님은 안에 계신가?"

"아, 모르셨어요? 이곳에 있으면 심심하다고 아드님이 계신 노톨리에스 영지로 가셨습니다. 벌써 보름이 넘습니다."

"그래?"

"흠, 그건 그렇고, 창고에 있는 은을 처분하고 싶은데 좀 도와줘."

"무슨 은요?"

"저번에 고블린하고 마나석 캐다가 나온 은 있잖아!"

"그거 브로도스님이 다 가지고 가셨는데요."

"뭣?"

오열은 제프의 말에 창고로 뛰어갔다.

창고는 텅 비어 있었다. 하다못해 보크사이트도 가져가 버렸다.

알루미늄의 재료인 그것을 가져다가 뭐에 쓰려는지 모르지만 브로도스가 몽땅 가져가 버린 것이다.

'으, 영감탱이. 마지막에 어쩐지 음흉하게 웃더니만 그새 은을 챙겨 가버렸군.'

그에게 현자의 돌을 만드는 비전을 주면서 그 대가는 알아서 가져가겠다고 한 것이 은을 가리킨 것 같았다.

'젠장, 그게 얼마나 많았는데.'

역시 돈과 관련된 것은 행동이 빨라야 한다.

돈은 사람을 절대로 기다려 주지 않기 때문이다.

"젠장, 빌어먹을!"

오열은 텅 빈 창고에서 화가 나 얼굴이 붉어진 채로 아무 말도 못하고 있었다.

7장

광물 채광

오열은 가장 먼저 땅굴부터 파기로 했다.

깔린 외상값을 갚는 게 우선이기 때문이다.

길드야 장준식이 알아서 할 것이니 장기간 빠져도 문제될 것이 없었다.

사실 길드를 실질적으로 운영하는 것은 장준식이다.

오열은 얼굴마담이나 마찬가지였고.

오열은 오히려 그것이 좋았다.

한곳에 얽매이는 것을 싫어하는 그는 지금의 시스템이 나쁘지 않았다.

어차피 길드가 커지면 얼굴마담으로 앉은 길드마스터라도

권한이 점점 커지게 마련이다.

조직이라는 것이 원래 그런 것이다. 얼굴마담이든 뭐든 자리가 사람을 만드는 것이기 때문이다.

오열은 생각했다.

장준식이 자신에게 길마 자리를 제의한 것은 다분히 정치적인 결정이었다고.

무력이 가장 강한 사람이 길드마스터가 된다면 거대 길드가 함부로 하지 못할 것이라는 생각.

그의 생각은 정확했다.

오열이 길드마스터가 되자 가디언스 길드가 '더 나이트' 길드의 눈치를 보기도 하고 여러 가지 편의를 제공하였다.

장준식은 사회 경험이 많았다.

비록 실수로 사람을 다치게 만들었는데 하필이면 그가 식물인간이 되었다.

하지만 그는 누구보다도 눈치가 빠르고 시류를 읽는 눈이 좋았다.

그는 오열과 함께 사냥을 하면서 자신이 알 수 없는 뭔가가 오열에게 있다고 믿었다.

특히 가디언스 길드의 오총명 부길드마스터가 오면서 그러한 증세는 심해졌다.

그리고 거대 몬스터를 잡는 그의 엄청난 위엄 앞에 왜 거대 길드인 가디언스가 오열을 두려워하는지 확실히 알게 되었다.

장준식은 매일 사냥한 몬스터의 사체를 얼려서 냉동 창고에 쌓아놓았다.

마정석은 채취하여 대성실업에 일괄적으로 매도했다.

더 나이트 길드에서 운영하는 페이퍼컴퍼니가 만들어지자마자 대성실업은 마정석 매입 가격을 10%나 올려주었다.

길드가 만들어지자 짧은 시간에 인원이 73명으로 늘어났다.

대부분 용의 기사단 사람이라 실력 하나만큼은 탁월했기에 몬스터를 사냥하는 숫자는 날로 늘어났다.

'생각보다 성장이 빠르군.'

장준식은 길드 사무실에서 서류를 보며 생각했다.

그도 오열의 확실한 정체는 알 수 없었다.

용의 기사단 자체가 사연이 많은 사람이 모였기에 뭔가 있을 것이라고 짐작은 하고 있지만 그게 무엇인지는 몰랐다.

'어쨌든 그도 정부의 명령을 들어야 하는 처지!'

사실 그는 이런 이유 때문에 기꺼이 길드마스터 자리를 오열에게 내어주었다.

정부의 명령을 들어야 하는 사람들은 무엇을 하든 한계가 있다.

그리고 그것은 쉽게 벗어날 수 있는 것이 아니었다.

이러한 사실이 남들에게는 불행일지 몰라도 장준식은 용의 기사단에 들어오면서 오히려 일이 잘 풀렸다.

이전보다 더 많은 돈을 벌고 있으며 생활도 많이 나아졌다.

그러면 된 것이다.

그는 그렇게 생각하기로 했다.

＊　　　＊　　　＊

오열은 아마스트라스 숲의 북쪽에 있는 익룡의 숲, 즉 와이번 서식지 근처로 이동했다.

와이번은 가장 난폭한 몬스터 가운데 하나이다.

실제로 뉴비드 행성의 몬스터도감에 의하면 오우거보다 강하다고 알려져 있다.

"여기입니다."

안내를 맡은 장칠수 소령이 오열에게 말했다.

오열은 기계를 꺼내 광물의 위치와 매장량을 체크했다.

선명한 신호가 잡히는 것으로 보아 매장량은 상당한 것 같았다.

아마스트라스 숲은 몬스터들의 서식지라 인간의 출입이 전혀 없는 매우 광활한 지역이다.

그리고 이 지역은 약 1만 5천 년 전에 화산의 활동이 활발했던 곳이라 각종 진귀한 광물이 많았다.

특히 이곳의 산세는 테르반 산맥만큼이나 험하고 깊었다.

"흠, 저것들이 문제구만."

"네, 그래서 저희도 이곳까지밖에 오지 못했습니다."

"뭐 광부도 아니신데 가까이 가봐야 뭐하겠습니까? 그런데 저것들, 은근히 신경이 쓰이는군요."

"기본적으로 야행성이지만 낮에도 활동을 합니다. 시야가 넓고 강한 부리와 발톱을 가졌습니다. 성체의 크기는 대략 10미터 정도. 날개만 7—8m 정도 되며 이곳에서는 천적이 없는 그야말로 먹이사슬의 꼭짓점에 있는 놈이죠."

"강한 놈인데 날개까지 달렸으니 그렇겠죠. 에너지소드는 잘 박히던가요?"

"저놈들을 한 번도 상대를 해보지 못해서 잘 모르겠습니다. 저희들은 비행몬스터와 상극이라 가능한 마주치지 않으려고 해서……."

"만약 비행몬스터와 마주치게 되면 은폐물이 필수적으로 필요할 것 같군요. 작업하기 전에 그것부터 신경을 써야겠습니다."

"준비하도록 하겠습니다."

오열은 공중을 오가는 와이번을 바라보았다.

예전이라면 잡으려고 혈안이 되었을 몬스터지만 요즘 들어서는 시큰둥해졌다.

쉽게 잡을 수 있는 반면 카오스에너지의 양이 적기 때문이다.

게다가 별로 돈이 되지 않는다. 반면 아바타들은 와이번을 잡을 생각을 하였다.

뉴비드 행성에서 몬스터의 마정석은 에너지를 충당할 수 있는 좋은 재료다.

우주함선의 불시착으로 인해 아마스트라스 숲에 갇힌 각국의 우주요원은 하루속히 이곳을 벗어나고 싶어한다.

그러기 위해서는 무엇이든 하는 것이 필요한데 카오스에너지를 많이 가지고 있는 몬스터도 예외는 아니었다.

장칠수 소령이 무전으로 본부와 연락을 주고받았다.

일행은 잠시 쉬면서 주변을 둘러보았다.

숲은 푸른 강물처럼 끝없이 이어지고 있었다.

에너지스톤이 있는 것으로 보이는 곳에는 아름답고 험준한 바위산이 있었다.

절벽 두 개가 마주한 부분에 와이번으로 보이는 몬스터가 날개를 활짝 피고 날아다니고 있었다.

거대한 나무의 숲이 거의 끝나는 부분에 회색 절벽 사이로 와이번의 둥지가 있는 것이 보였다.

광물은 조금 더 자세하게 살펴봐야겠지만 와이번의 서식지에서 그다지 멀지 않은 곳이었다.

오열은 와이번이라고 해봤자 무섭지도 않았다.

땅굴을 파는 몇 시간만 버티면 와이번 따위의 위협은 아무것도 아니다.

날개 달린 놈이 땅굴로 들어올 리가 없기 때문이다.

"자, 이제 출발하시죠."

커피를 마시던 사람들과 담배를 피우던 사람들이 모두 자리에서 일어났다.

그사이 비행정이 날아와 물건들을 보충해 주고 갔다.

"이 행성에 있는 것이 지겹지 않으십니까?"

"하하, 지겨워 죽을 것 같습니다. 우주에서 자력폭풍을 만났을 때에는 우리 모두 죽는 줄 알았습니다. 이곳에 불시착할 수 있었던 것은 크나큰 행운이었죠. 우리 모두 하루빨리 집으로 가기를 원하고 있습니다. 벌써 10년째 우주에서 표류하고 있으니. 가족들이 무척이나 그립습니다."

장칠수 소령이 아득한 미소를 지었다.

가고 싶으나 갈 수 없는 고향에 대한 그리움이 가슴에 절절했다.

"가족들과는 전혀 만나지 못하십니까?"

"아닙니다. 이곳에 온 후, 즉 5년 전부터 아바타를 만들어서 가끔 보고 있습니다. 하지만 이곳 일이 워낙 많아서 그것도 쉽지 않습니다."

"아, 지금도 본체는 아니시잖습니까?"

"하하, 군사용으로 만들어진 아바타는 예외적인 경우라 두 개의 아바타를 만들어도 상관없습니다. 코드 번호가 다르거든요. 지구에 있는 아바타는 특수한 접속기를 사용해야 합니다."

"흐음, 힘들게들 사시는군요."

"하하, 아니라고는 말을 못하겠군요."

오열은 이야기를 나누는 사이에 절벽 가까이 왔다.

이곳부터는 와이번의 영역이 시작되는 곳이다.

일행은 천천히 전진했다.

오열은 기계를 바라보았다. 신호가 점점 가까워지고 있었다.

열 명의 인원이 뒤꿈치를 들고 살금살금 움직였다.

군인들이라 모두 몸이 가벼웠다.

와이번 한 마리가 거대한 날개를 펴고 하늘 위로 날아올랐다.

가까이서 보니 와이번의 크기가 굉장했다.

"모두 절벽으로."

일행의 지휘관인 정은규 중령이 명령을 내리자 일제히 몸을 절벽 사이의 차가운 바위에 밀착시켰다.

"흐음, 이거 작업하는 데 시간이 조금 걸릴 것 같군요."

"네? 그게 무슨 말씀이신지?"

"저는 주로 절벽에서 작업을 많이 합니다. 절벽 중간에서 파고들어 가면 파낸 흙을 처리하기가 쉽거든요. 땅굴을 파는 것은 결국 흙을 얼마나 빠르게 버리느냐에 달려 있습니다. 나머지는 화약으로 작업하니까요."

"그렇군요."

정은규 중령이 오열의 말에 고개를 끄덕였다.

그때였다.

일행 위로 검은 그림자가 드리우더니 와이번 한 마리가 일행을 발견했는지 속도를 늦추고 있었다.

"제길, 들켰다."

"모두 부스터를 켜고 스피드건을 꺼내라."

아바타들은 급히 스피드건을 장착하고 자세를 낮췄다.

"가능한 날개를 노려라!"

날개를 접고 활강을 시작하는 와이번을 보며 정은규 중령이 명령을 내렸다.

와이번이 사냥하는 방법은 하늘에서 먹잇감을 발견하면 갑자기 날개를 접고 활강해서 빠르게 내려오다가 지상에서 가까운 곳에서 날개를 다시 펴서 속도를 늦추고는 크고 강한 발톱으로 먹잇감을 낚아채 간다.

와이번은 발톱 힘이 세서 어지간한 몬스터는 허리가 동강 나 죽는다.

아바타들은 낮게 자세를 잡고 스피드건으로 와이번을 노렸다.

열 발의 스피드건이 일제히 불을 뿜었다.

무서운 속도로 내려오던 와이번이 날개와 꼬리에 총을 맞고 긴 울음을 터뜨렸다.

날개에 총알을 맞아서 속도를 늦추지 못한 와이번의 거대

한 부리가 절벽에 부딪치자 무너져 내리는 돌조각에 아바타
들이 기겁하고 피했다.

쿵우우웅!

돌이 흐트러지며 아바타들 머리 위로 떨어지자 빠르게 피
하였으나 두 명의 아바타가 커다란 돌에 맞아 휘청거렸다.

하지만 메탈아머 덕분에 무사했다.

이들은 아바타라 지구에서처럼 힐러를 대동하고 다니지
않는다.

아바타가 파괴되면 본체에 충격이 없는 것은 아니지만 그
렇다고 생명이 위급해지는 것은 아니다.

게다가 충격을 흡수할 수 있는 메탈아머까지 착용했으니
어지간한 몬스터를 만나도 무서워하지 않는다.

오열은 날개가 찢겨 절벽에 부딪친 후 굴러 떨어진 와이번
을 바라보았다.

날카로운 눈매, 강철 같은 부리와 발톱이 잠시 발버둥을 했
다.

일행 중 하나가 와이번에게 달려가 에너지소드를 휘둘렀
다.

정확하게 푸른 섬광이 지나가자 와이번의 목에서 녹색의
피가 분수처럼 터져 나왔다.

하지만 완전하게 잘리지 않았는지 와이번은 부들부들 떨
면서 비명을 질렀다.

슬프고 구슬픈 울음이다.

그 울음소리가 절벽을 타고 사방으로 퍼져 나갔다.

"젠장, 미치겠군!"

아바타 하나가 소리를 질러댔다.

오열은 무슨 일인가 하고 하늘을 바라보니 까맣게 몰려오는 와이번 떼가 보였다.

오열은 여기서 더 지체하다가는 일이 생길 것 같아 에너지소드를 꺼내 절벽의 바위를 향해 휘둘렀다.

에너지소드의 붉은 검기에 바위가 깊게 파이면서 부서져 내렸다.

오열은 다시 힘껏 검을 휘둘렀다.

"준비!"

정은규 중령이 명령을 내리자 아바타들이 가방에서 무언가를 주섬주섬 꺼내기 시작했다.

검은 기둥이었는데 육각형으로 세워진 기둥 사이에서 푸른 에너지 막이 생겨났다.

"모두 실드 안으로."

일행이 재빨리 움직였다.

실드는 길쭉한 기둥을 사이에 두고 푸른 막 사이에서 단단한 에너지 파장을 만들어냈다.

치지직.

에너지 파장이 만들어내는 소리와 함께 푸른 불똥이 튀었다.

"강도를 맥시멈으로 올린다!"

그의 명령이 끝나자마자 아바타들이 실드를 조절했다.

번쩍하는 섬광과 함께 실드의 방어막이 이중삼중으로 펼쳐졌다.

"휴우!"

"간신히 실드가 쳐졌네."

"뭐지?"

오열은 뒤를 돌아보고 의아했다.

에너지 막으로 만들어진 장막을 보는 것은 처음이다.

그때 와이번 한 마리가 날아와 실드에 부딪쳤다.

쿠우웅!

실드가 한 번 작게 흔들렸을 뿐 아무런 일도 생기지 않았다.

아바타 하나가 뒤쪽으로 물러나 스피드건을 들었다.

그는 실드가 미치지 못하는 뒤쪽으로 가서 하늘을 향해 쏘았다.

총알이 섬광처럼 날아갔지만 목표물에서 빗나가고 말았다.

예열을 하는 동안 목표가 이동했기 때문이다.

오열은 그 장면을 보고 하던 작업에 속도를 올렸다.

한 사람이 들어갈 정도로 굴이 파지자 그때부터 화약을 꺼내 사용하기 시작했다.

열 명의 아바타 중 다섯이 공중에서 날아오는 와이번을 향해 총을 쏘았다.

나머지 다섯은 재빨리 삽을 꺼내서 부서진 바위와 흙을 밖으로 치웠다.

원래는 절벽 중간에서 작업하려고 했는데 와이번에게 걸려 어쩔 수 없이 일단 굴을 팠다.

쿠웅!

실드가 크게 흔들리며 녹색의 피가 허공으로 튀었다.

푸드덕거리며 날갯짓을 한번 하다가 힘없이 고개를 떨어뜨렸다.

"만세! 망할 놈의 몬스터 한 마리 처치했고!"

"하지만 아직도 와이번은 많아!"

"걱정하지 마! 30분만 지나면 굴은 완벽하게 파일 거야!"

키르르르륵!

공중을 선회하던 와이번 떼가 갑자기 몰려들기 시작했다.

키르르르륵, 키륵!

와이번이 일제히 낙하를 시작했다.

수십 마리가 내려오니 그 모습이 굉장히 위압적이고 공포스러웠다.

"이것들이 이제는 물량작전이네."

아바타들이 스피드건을 난사했다.

수십 마리의 와이번이 한꺼번에 내려오다 보니 몇 마리가 아바타들이 쏜 총에 맞고 날개가 찢겨져 추락하였다.

쿵!

실드가 크게 흔들렸다.

쿠웅!

다시 실드가 흔들렸다.

"젠장, 이러다가 실드가 깨지겠는데."

"야, 여기는 나와 장사열만 남고 모두 땅을 파라!"

"네!"

세 명의 아바타가 동굴로 뛰어갔다.

흔들리는 실드에 무모하고도 강력한 와이번의 몸통공격은
계속되고 있었다.

*   *   *

오열이 폭약을 터뜨리면 암석으로 이루어진 동굴이 빠르
게 넓어지기 시작했다.

아홉 명의 아바타가 화약으로 부서진 암석 덩어리와 흙을
파내 동굴 밖으로 버리자 생각보다 빨리 땅굴이 완성되었다.

장사열이 허겁지겁 동굴 안으로 들어오고 나자 실드가 깨
졌다.

푸른 장막의 벽이 순식간에 사라져 버린 것이다.

"휴우, 아슬아슬하게 세이프군요."

장사열이 안도의 한숨을 내쉬며 말했다.

하늘 위에서는 와이번이 여전히 위압적인 모습으로 선회하고 있었다.

크캬캬!

와이번 몇 마리가 내려와 동굴 입구로 다가왔다.

거대한 부리와 발톱을 가지고 동굴 입구를 치려고 했지만 아바타들도 놀고만 있지는 않았다.

"조준!"

척!

척!

정은규 중령의 명령에 아바타들이 총을 들고 실탄을 장전했다.

동굴 입구가 협소하여 모든 아바타가 총을 쏠 수 없기에 두 명이 앞에 앉고 한 명은 서서 총을 겨누었다.

"발사!"

정은규의 명령이 떨어지자 스피드건이 밝은 빛을 발하면서 예열이 되고 있다.

와이번의 거대한 앞발이 동굴 안으로 쑥 들어왔다.

그때 세 개의 총구에서 일제히 섬광이 뻗어 나가며 총알이 무서운 속도로 날아갔다.

캬아악!

와이번의 날카로운 비명 소리가 터져 나왔다.

오열이 그 소리에 동굴 입구를 바라보니 와이번의 다리와 날개가 총알에 찢겨나가 녹색의 피가 분수처럼 솟구치고 있었다.

상처를 입은 와이번이 몇 발자국을 걷다가 털썩 쓰러져 일어나지를 못했다.

오열이 볼 때 스피드건의 위력은 엄청나게 개량되어 있었다.

모나베헴 합금으로 만들어진 총알이 제 역할을 확실히 해 주고 있는 것이다.

모나베헴으로 만들어진 총알은 걸리는 모든 것을 부숴 버린다.

이 행성에서 가장 강한 몬스터 중의 하나로 꼽히는 와이번이 총알 몇 발에 뼈가 부러지고 날개가 찢겨 나갈 정도이니 이철수 대령이 몬스터에 대해서 그토록 자신만만해하던 것이 이해가 되었다.

오열은 그 모습을 보고 작업을 계속했다.

지상으로 내려온 와이번은 더 이상 최고의 몬스터가 아니었다.

땅은 그들에게 결코 우호적이지 않았다.

그들의 영역은 하늘이지 땅과는 거리가 멀기 때문이다.

키르르륵!

키르르륵!

"쏴라!"

하늘로 달아나려고 하던 와이번 두 마리가 총알을 맞고 날 개가 찢겨져 다시 땅에 곤두박질쳤다.

8m에 달하는 거대한 날개는 아바타들에게는 너무나 쉬운 과녁이었다.

"이제 슬슬 쉬면서 해도 되겠군요."

오열의 말에 모두가 소리 내어 웃었다.

위험이 사라졌다.

이 작은 동굴을 와이번과 같은 몬스터가 어떻게 하기에는 입구가 너무 작았다.

반면 아바타들은 아주 강력한 무기인 스피드건을 가지고 있다.

오열은 바닥에 앉았다.

오열이 앉자 나머지 아바타들도 철퍼덕 소리를 내며 따라 앉았다.

위급한 시간이 지났으니 한숨 돌릴 여유가 절실하게 필요 했다.

이제부터는 두 달 동안 죽어라 땅굴을 파야 한다.

"이곳에는 광물이 얼마나 있을까?"

"글쎄, 많으면 많을수록 좋은데……."

아바타들이 모여 자기들끼리 쑥덕였다.

이미 오열과도 한차례 작업을 한 아바타가 대부분이어서

그다지 낯설게 느껴지는 작업 환경은 아니었다.

오열은 기계를 꺼내 에너지스톤이 어디에 있는지 살펴보았다.

'괜찮네.'

광물이 있을 곳으로 추정되는 지역의 거리가 15km밖에 되지 않는다.

문제는 땅속 깊숙이 묻혀 있기에 조금은 완만하게 작업해야 하기에 조금 더 많은 거리를 파야 한다.

하지만 오열이 이들 아바타와 작업을 하면 폭약을 터뜨리기만 해도 되기에 그다지 힘들거나 어렵지가 않다.

에너지스톤으로 움직이는 손수레를 사용하면 작업량은 엄청나게 빨라지기에 경사가 조금 가팔라도 상관없었다.

오열은 그들과 이야기를 나누며 천천히 작업을 했다.

폭약을 바위틈에 끼워 넣자 잠시 후 김빠지는 소리와 함께 동굴이 다시 뚫렸다.

연금술로 만든 화약은 일반 화약과는 달리 암반을 부수는 강한 효과가 있다.

오열이 화약을 사용해서 작업을 하면 나머지 아바타들은 삽으로 흙을 수레에 싣는 작업을 한다.

이제 지루한 작업이 시작된 것이다.

이런 작업을 지하 15km가 될 때까지, 그리고 광물을 발견할 때까지 해야 한다.

오열은 쉬는 시간에는 틈틈이 마나 심법을 했다.

이미 저번부터 그렇게 했기에 그에게 말을 거는 아바타는 없었다.

오열은 그동안 바빠 접속을 자주 하지 못했고, 그 때문에 수련을 등한시했다.

마나 수련을 하면서 오열은 몬스터의 기원에 대해 생각하였다.

몬스터는 어떠한 원리로 생체에너지를 가지게 되었는지 그 원리를 파악하는 것은 굉장히 중요한 일이라고 느꼈다.

그 원리를 안다면 생체에너지를 파괴하는 방법도 어쩌면 나오게 될 것이다.

더 강한 힘으로 우격다짐을 하듯 파괴하는 것은 좋은 태도가 아니다.

그렇게 하면 얻는 것에 비해 들어가는 노력이 너무 크다.

지렛대를 이용하면 자신이 평소 낼 수 있는 힘의 몇 배나 되는 큰 물건도 들어 올릴 수 있듯 강한 몬스터의 생체에너지를 파괴하는 것은 힘으로 밀어붙일 일은 아니었다.

장작을 팰 때는 힘으로 밀어붙이는 것보다 나무의 결대로 살짝 내려치면 깔끔하게 쪼개진다.

일은 요령이다.

즉, 몬스터의 생체에너지를 파괴하는 방법을 알게 된다면 인간은 몬스터를 보다 쉽게 잡을 수 있게 될 것이다.

그러기 위해 인간은 몬스터에 대해 아주 잘 알아야 한다.

오열은 호흡을 천천히 내쉬었다.

깊은 호흡을 하자 공기 중에 있는 신선한 공기와 마나가 허파로 몰려들었다가 피를 통해 몸 구석구석을 돌아다니다 결국엔 단전에 안착하였다.

오랜만에 마나 수련을 하니 매우 신선하게 느껴졌다.

아바타가 워낙 정교하게 만들어지다 보니 어떨 때에는 본체보다도 예민한 부분도 있었다.

확실히 마나를 느끼고 그것을 몸에 쌓는 것은 이곳 뉴비드 행성이 탁월했다.

비록 이곳에서는 쌓은 마나와 능력을 본체가 다시 각인해야 하는 번거로운 과정을 거쳐야 하지만 확실히 수련 효과는 좋았다.

다만 지구에서 수련할 때는 마나가 없기에 마나석과 마법진이 필요했다.

오열은 기계적으로 화약으로 동굴을 뚫었고, 아바타들은 그것들을 파서 밖에 버렸다.

대체적으로 바위와 암석이 많이 나오기는 했지만 모든 곳이 바위나 돌로 되어 있는 것은 아니다.

땅이 무른 지대가 나오면 조심스럽게 작업하면서 부목을 설치해야 한다.

땅속 몬스터는 초반에만 조심하면 거의 마주칠 일이 없으니 그다지 염려할 사항은 아니었다.

오열은 시계를 보고 작업을 끝냈다.

이곳 시각으로 5시가 되어가고 있었다.

이곳은 지구보다 시차가 두 시간 빠른데 지구는 오후 3시다.

아바타들과 헤어지고 나서 오열은 한적한 곳에 따로 은신처를 만들었다.

오늘 마나심법을 한번 해보니 그동안 수련을 소홀히 한 것이 티가 났다.

마나를 다루는 것은 신 나는 일이다.

예전에 수련을 통해 마나가 메탈에너지와 우연히 섞이면서 강하고 위력적인 힘을 얻게 되었다.

그럼에도 불구하고 거대 몬스터는 상대하기가 쉽지 않았다.

수련이 더 필요한 이유가 여기에 있었다.

'이곳에서 한동안 수련을 해야겠어. 그리고 몬스터를 집중적으로 연구해야지.'

그동안 그는 연금술사로서 몬스터의 사체를 분해하여 여러 유용한 물품을 만들었다.

하지만 몬스터에 대해서는 연구를 하지는 않았다.

솔직히 관심 밖이었다.

'어떻게 몬스터는 생체에너지로 변환할 수 있었을까?'

몬스터는 생체에너지라는 것을 딱히 가지고 있을 이유가 없다.

이런저런 생각을 하다 보니 갑자기 자신이 바보 같은 생각을 한 것이 생각났다.

그동안 너무나 분명한 한 가지를 잊고 있었다.

마정석.

카오스에너지 덩어리인 마정석에서 에너지를 뽑아 쓸 생각만 했지 마정석이 몬스터의 몸에서 어떤 역할을 하는지는 단 한 번도 생각하지 않았던 것이다.

사물의 궁극을 연구하는 자인 연금술사로는 너무나 어이없는 일이었다.

현대에는 마정석에 대한 다양한 연구가 진행되고 있다.

대부분은 마정석의 성분이 무엇이고 어떻게 이용할 수 있는지에 대해서는 연구가 활발하게 이루어졌지만 마정석이 왜 몬스터의 몸 안에 있는지, 그리고 그것이 몬스터의 몸속에서 어떤 역할을 하고 있는지는 별로 연구가 되어 있지 않았다.

기초 과학이 쉽게 외면을 받듯 몬스터에 대한 기본적인 연구는 아직은 인기가 없었다.

물론 연구 자체가 없는 것은 아니다.

연구가 되어 있다고 하더라도 학계의 관심을 끌지 못하여 사장되는 경우가 많았다.

오열은 나무숲으로 된 푸른 물결을 보며 자신이 어디에 있는지를 자각했다.

이곳은 지구가 아니다.

단지 지구와 비슷한 환경을 가지고 있을 뿐.

중력도 지구와 흡사하며 자연환경도 유사했다. 하지만 이곳에는 마나와 카오스에너지가 많았다.

"휴우, 쉽지 않아, 쉽지 않아."

오열은 자신이 제대로 알고 있는 것인지 의심스러웠다.

지금까지 이렇게 어려운 문제는 다른 사람들의 일이라고 생각했다.

어찌 보면 이는 과학보다는 철학의 영역이었다.

지금까지 대부분의 연구는 몬스터를 이용에 대한 논문이었지 왜 몬스터가 발생했는지에 대해서는 논문이 별로 없었다.

오열은 머리가 어지러웠다.

무엇인가 실마리를 얻은 것 같았는데 그게 도대체 무엇인지 알 수가 없었다.

안개가 자욱한 거리를 걷듯 모호한 생각들이 머릿속에서 떠다니고 있다.

몬스터의 기원을 밝히는 것은 인간이 왜, 그리고 어떻게 생겨났는지를 밝히는 것처럼 뜬금없는 일이다.

하지만 아이러니하게도 인간의 삶은 이런 궁금증을 밝혀내려는 과정에서 진보를 이루어왔다.

몬스터에 대해 연구하다 보면 몬스터를 상대하는 방법도 배우게 될 것이다. 오열은 두 시간을 더 마나 수련을 하고 아바타 접속을 해제했다.

스르릉.

오열은 아바타 접속기에서 일어나 문을 열고 나왔다.

1층으로 올라가는 계단을 따라 걷자 거실에서 TV 소리가 들려왔다.

아만다가 두 눈을 크게 뜨고 소파에 앉아 TV를 보고 있다.

"아만다!"

"아, 달링!"

아만다가 오열에게 다가와 살짝 안겼다.

그동안 진한 섹스를 여러 번 해서인지 조금 있던 거리감이 아주 없어졌다.

오열을 볼 때마다 멈칫거리던 습관도 없어졌고 예전처럼 다정하던 목소리도 돌아왔다.

오열이 가볍게 입술에 키스를 하고 저녁을 같이 먹었다.

"한동안 아바타에 접속해 있을 거야."

"아바타?"

"가짜 나."

"아, 그 인형?"

아만다는 오열의 몸을 더듬으며 친밀감을 표시해 왔다. 이제 같이 살고 있으니 결혼을 해야 하는데 아직은 곤란했다.

아만다가 한국말을 거의 못하고 있고 그렇다고 영어나 불어를 할 수 있는 것도 아니었다.

오열은 TV를 같이 보며 서로의 몸을 더듬으며 시간을 보냈다. 그리고 가끔 들뜬 소리와 신음이 TV 소리를 뚫고 들리곤 했다.

*   *   *

이영은 궁금증을 참지 못해 오열에게 전화를 했다.

[여보세요?]

"네, 누구세요?"

[이오열 씨 맞죠?]

"네, 제가 이오열입니다."

[저 엘리자베스예요. 기억하시나요?]

"아, 안녕하세요. 그런데 무슨 일로 전화를……."

오열은 전혀 예상하지 못한 여자에게 전화를 받자 적잖이 당혹스러웠다.

지난번에 그녀와 뉴비드 행성에서 우연히 만났을 때 전화번호를 주고받았지만 그녀에게서 직접 연락이 올 것이라고는 생각하지 못했다.

뉴비드 행성에서 만난 사람에게 연락이 온다는 것 자체가 신기했다.

[시간이 된다면 만날 수 있을까요? 뭐, 여쭤볼 것도 있고 해서요.]

"아, 네."

오열은 엘리자베스가 왜 만나자고 하는지 의아했다.

그녀가 자신에게 이성적인 관심을 보인 적은 단 한 번도 없었다. 그러니 왜 만나자는 것인지 이유가 궁금했다.

그렇다고 그녀를 만나는 것이 싫지는 않았다.

미인을 만나는 것은 나쁘지 않다. 아니, 조금은 가슴을 설레게 했다.

그림 같은 외모를 가진 아름다운 여자.

무지막지한 무력을 가진 메탈사이퍼.

어느 재벌가의 딸로 여겨지는 특유의 분위기를 가진 여자.

그녀의 고귀하고도 고상한 모습은 그녀를 매력적으로 보이게는 했지만 그것이 전부였다.

오열은 엘리자베스의 도움을 적지 않게 받았기에 만나자는 약속을 거절하기가 곤란했다.

그래서 그는 땅굴을 파지 않고 쉬는 날에 엘리자베스를 만나기로 했다.

8장

이영

광산을 개발하면서 마나 수련을 본격적으로 한 시간이 한
달하고 반이나 지났다.

이제 이틀 후면 에너지스톤을 캘 수 있게 된다.

광물 채굴을 시작하면 도대체 언제 끝날까 했는데 벌써 끝
나고 있었다.

오늘따라 하늘이 잔뜩 흐렸다.

비가 올 것 같지는 않았지만 음울한 날씨였다.

오열은 차에서 내려 약속 장소인 화랑으로 갔다.

관람객이 아무도 없는 빈 화랑을 그림만이 자리를 지키고
있었다.

"흐음."

오열은 그림들을 바라보며 나지막하게 신음을 터뜨렸다.

그는 미술, 특히 그림에 대해서는 문외한이다.

그런 그의 서툰 눈길에도 그림들이 꽤나 그럴듯해 보였다.

또각또각.

"이오열 씨."

"네."

오열은 자신의 이름을 부르는 단아한 차림의 여자를 바라
보았다.

갸름한 얼굴형에 친근한 인상이다. 눈도 크고 코도 오뚝하
여 미인으로 불러도 조금도 이상하지 않는 얼굴이다. 단정한
머리에 양장을 입었다.

"약속하신 엘리자베스님에게 안내해 드리겠습니다."

"아, 네."

역시나 엘리자베스는 평범한 여자가 아닌 것 같았다.

약속 장소를 이런 외진 회랑으로 잡은 것도, 그리고 이렇게
멋진 여자가 안내를 하는 것도 자신의 생각을 확신하게 만들
었다.

"어서 와요. 그런데……."

이영은 오열의 얼굴을 보고 잠시 말을 잃었다.

조각같이 잘생긴 미남이 자신을 바라보고 있다.

그녀가 알고 있는 오열의 아바타는 이렇게 잘생기지 않았다.

오열은 눈부시게 아름다운 얼굴로 환하게 미소를 짓다가 놀란 이영을 바라보았다.

그는 꽃보다 아름답고 단아한 이영의 모습에 놀랐다.

실물도 아름다울 것이라고 생각했지만 막상 보니 자신이 상상했던 모습보다 더 예뻤다.

오열이 본 그녀의 모습은 항상 메탈아머를 입고 있었다.

하지만 지금 눈앞에 있는 이영은 꽃 모양이 그려진 화사한 원피스를 입고 있어 소녀같이 청초하였다.

"정말 당신이 이오열 씨가 맞나요?"

"물론이죠."

오열은 그제야 이영이 왜 자신을 보고 놀라는지 깨달았다.

성형수술을 했기에 자신을 알아보지 못한 것이다.

"모습이 많이… 다르군요."

"도로 공사 좀 했습니다."

"풋!"

노골적으로 성형수술을 했다는 오열의 말에 이영이 웃음을 터뜨렸다.

오열은 이영의 반응에 난처한 표정을 지었다.

이런 모습은 벌써 두 번째다.

아만다는 아예 알아보지도 못했고 이영은 그 정도는 아니지만 놀라기는 마찬가지였다.

부모님마저 가끔 적응이 잘 안 된다고 말씀을 하시는데 다른 사람들이야 오죽하겠는가.

다행이라면 오열의 인간관계가 굉장히 좁아서 놀라는 사람이 극히 적다는 점이다.

"멋있어지셨네요."

"아, 네. 제법 그럴듯하죠? 인조인간인데 이 정도는 해줘야죠."

"아주 멋져요. 외모는 안심하셔도 되겠어요."

이영은 그렇게 말하면서도 오열의 얼굴을 바라보며 고개를 갸웃거렸다.

"그런데 누구하고 닮은 것 같은데 잘 생각이 안 나네요."

"있습니다. 무지하게 잘생긴 녀석의 사진을 참고로 해서 만든 것이니. 얼굴 이야기는 더 이상 하지 말죠."

"아, 미안해요. 너무 놀라서요. 실례했어요."

이영은 용의 기사단에 그가 소속되어 있다는 것을 기억해 내자 그의 얼굴이 변한 이유를 쉽게 짐작했다. 아니, 그녀가 직접 두 눈으로 오열에 대한 자료를 읽었다.

비서가 차를 가져와서 오열은 녹차를 마셨다.

깊고 은근한 향을 가진 녹차는 맛있었다. 그동안 마시던 싸구려 티백으로 우려낸 맛이 아니었다.

"차가 맛있네요."

"아, 그거 선물로 들어온 것인데 제법 괜찮은 차라고 하더 군요."

오열은 처음 맛본 극상의 차 맛에 매료되었지만 이영은 아무렇지도 않게 이야기를 했다.

차를 한 잔 더 따라 마시는 오열을 보며 이영이 미소를 지었다.

오열은 혀에 착 감기는 그 깊은 맛에 놀랐다. 녹차가 이렇게 맛있을 줄은 미처 몰랐다.

'하긴 싸구려 티백만 마시다가 제대로 된 차를 마시니 입이 놀랄 수밖에. 이제부터는 나도 먹는 것을 가려 먹어야겠군.'

오열은 힘들게 돈을 버는 이유가 다 잘 먹고 잘살기 위한 것이라고 생각했다.

그런데 그동안은 지나치게 검소하게 살아왔다.

이는 그가 의도적으로 검소하게 살려고 그런 것이 아니라 몰라서 그렇게 생활한 것이다.

사치도 뭘 알아야 하는 것이다. 그리고 그는 돈을 벌어도 그동안은 너무나 바빴다.

김치와 김으로 때우던 생활에서 조금 나아졌을 뿐이지 먹고 입고 쓰는 데 신경 쓸 수 없었다.

돈을 통장에 엄청나게 쌓아놓았을 때에도 명품 매장을 가면 왠지 기가 죽었다.

"차가 무척 맛있네요."

"가실 때 좀 싸드릴게요."

"아, 그렇게만 해주신다면 감사하죠. 그런데 무슨 일로 저를 부르셨나요?"

"우리가 그동안 알고 지낸 게 꽤 되죠?"

"그럼요. 뉴비드 행성에서 아바타를 처음 만들었을 때부터니까요."

"그래서 하는 말인데, 기분이 나쁘지 않았으면 해요. 오열 씨를 보면 제가 처음 만났을 때와 지금 너무나 많이 달라져 있어요. 그 이유를 알 수 있을까요?"

"제가 달라졌다고요? 물론 얼굴은 못 알아볼 정도로 달라지기는 했지만……."

"그런 이야기가 아니에요. 메탈에너지를 사용하는 능력을 말하는 것이에요."

"아, 그거는 아바타의 영향이죠. 전에 저에게 보다 좋은 아바타를 만들라고 직접 말해주지 않으셨습니까?"

"그건가요?"

"그럼요. 아바타로 수련하고 본체로 복습하면 굉장히 빠르게 발전할 수 있죠."

"그렇군요."

이영은 오열의 말을 듣고도 이해가 되지 않았다.

자신도 그렇게 하고 있는데 실력이 잘 늘지 않았다.

물론 현실에서 수련하는 것보다 낫기는 했지만 오열이 변한 것만큼은 아니었다.

　이영은 오열의 표정을 보니 거짓말을 하는 것 같지는 않았다.

　그러자 갑자기 회의감이 밀려왔다.

　'결국 재능의 차이인가?

　이영은 이제까지 단 한 번도 자신의 재능이 떨어진다고 느낀 적이 없었다.

　그런데 오늘은 자신의 재능에 의심이 들었다.

　이런 의심은 최근에 몇 번 스치듯 생각난 것이지만 오늘은 확신하게 되었다.

　자신은 천재가 아니라 그냥 평범한 사람보다 아주 약간 뛰어날 뿐이라는 것을.

　"그런데 어디서 많이 본 얼굴이에요. 아, 이 말은 작업을 걸려고 하는 말은 아닙니다."

　오열의 말에 이영이 미소를 지었다.

　어떻게 자신을 이렇게 모를 수가 있단 말인가.

　예전에 아바타로 만나지 못했다면 몰라도 몇 년이나 알고 지낸 사인인데 말이다.

　"제 본명은 이영이에요. 엘리자베스는 영국에서 유학할 때 사용하던 이름이고요."

　"이영? 이영. 어디서 들어보던 이름인데요. 우리나라 공주님의 이름도 이영이라고 하던데……."

"그녀보다 제가 더 예쁘지 않아요?"

"어, 그러고 보니 그러네요."

"푸훗, 아하하하!"

이영이 배를 잡고 웃기 시작했다.

오열은 자신의 말에 너무 크게 웃는 이영을 보며 눈살을 찌푸렸다.

예쁘기는 무척 예쁘지만 그래도 이것은 예의가 아니다.

오열은 기분이 나빠 벽을 바라보았다.

벽에는 아름다운 그림이 걸려 있고 작은 조각품이 두 개나 비치되어 있다. 벽면엔 왕실 문장이 찍혀 있다.

'뭐지?'

봉황과 청룡이 하늘로 비상하는 문양은 한국의 왕실이 사용하는 것이다. 다시 이영의 얼굴을 보자 짚이는 바가 있다.

"혹시 공주님이셨나요?"

"네, 맞아요."

"……."

이영의 말에 오열이 입을 벌려 뻐끔거렸지만 말이 새어 나오지는 않았다.

눈은 자신도 모르게 커졌고 손도 떨렸다. 아무리 왕실이 상징적인 존재라고 하지만 깊이 파고들어 가면 그 영향력은 막강했다.

한국의 공식적인 통치자가 이철 국왕이다. 총리도 국민투표로 뽑지만 명목상으로는 왕실의 지시를 받아야 한다.

"정, 정말 공주님이셨군요."

"네."

"정말이었군. 정말이었어."

오열은 정신이 나간 것처럼 중얼거렸다. 그가 언제 이런 왕실의 사람을 만나본 적이 있겠는가. 아직까지 공주는 고사하고 국회의원도 만나본 적이 없다.

"영광입니다."

"호호, 그냥 평소대로 하세요. 공주라고 특별한 것은 없어요."

"아닙니다, 아니에요. 공주님은 아주아주 특별하시죠."

이영은 오열의 말에 난처한 표정을 지었다.

그녀가 만나는 사람들은 대부분 어느 정도 수준이 있는 사람들이라 이렇게 격한 반응을 보인 사람은 거의 없었다.

오열은 이영과 조금 더 이야기를 나누고 자리에서 일어났다. 자리가 부담스러웠다.

눈부시게 아름다운 여자가 공주였다니 눈으로 보고 있어도 믿어지지가 않았다.

왜 자신은 그동안 한 번도 의심을 해보지 않았을까 생각해보니 확실히 이상했다.

TV에 나온 공주를 보고 정말 예쁘다고 생각했다. 그런데 뉴비드 행성에서 여러 번을 만났지만 왜 아바타와 이영 공주를 연결시키지 못했는지 이해가 되지 않았다.

'공주였군!'

현대에 왕실의 권위가 절대적이지 않다는 것은 알고 있다. 하지만 평범한 사람들은 평생을 가도 왕이나 공주의 얼굴을 볼 수가 없다.

오열은 화랑을 나오면서 공주의 아름다운 얼굴을 생각했다. 정말 한국인 중에서 가장 아름다운 여자 한 명을 꼽으라면 그는 주저없이 이영 공주를 꼽을 것이다.

오늘은 특별한 일도 없이 시간을 허비했지만 전혀 억울하지가 않았다.

재벌가의 일원일 줄 알았는데 그보다 한 단계 위인 공주였다. 공주라는 사실을 알고 나자 왠지 그녀가 더 예쁘게 보였다.

'오늘은 길드 사냥을 가야 했는데……'

시간이 늦어 사냥하기에는 어중간했다.

오열은 사냥보다는 길드 사무실에 들르기로 했다.

그는 한 달 반 동안 이곳에 오지 않았다. 길드 사무실에 들르고 난 후 창고에 있는 몬스터의 가죽을 벗겨야 한다. 베르니어의 가죽에서 다량의 네트가 추출된다.

오열은 먼저 길드 사무실로 갔다. 장칠부 총무가 사무실에 있었다.

"아, 길드장님, 오랜만에 오셨군요."

"오랜만이에요. 잘 지냈습니까?"

"저야 잘 지냈지요. 어서 오세요. 저기가 길드장님 자리입니다."

오열은 가장 좋은 책상과 의자를 보며 말없이 의자에 앉았다.

길드 사무실이 아무리 페이퍼컴퍼니라고 하더라도 아주 사람이 없을 수는 없었다. 사냥이 없는 날에는 장칠부 총무와 장준식 부길드장이 번갈아 가면서 사무실에 나왔다.

"그동안 몬스터는 많이 모았나요?"

"아, 베르니어는 아주 많이 모였습니다. 이것을 어떻게 처분해야 할지 길드장님이 말씀을 안 해주셔서 그냥 창고에 쌓아놓고 있습니다."

"그럼 창고로 가보죠."

"네, 길드장님."

장칠부는 재빨리 오열의 앞에 서서 지하로 내려갔다. 대부분 길드의 지하에는 이런 창고가 있어 몬스터의 부산물이나 길드 소유의 물품을 모아놓곤 한다.

냉동 창고에는 베르니어가 엄청나게 쌓여 있었다. 예상보다 더 많은 양이다.

'햐, 이걸 다 어떻게 처분한다?'

모두 개인적으로 구입해서 생명력으로 뽑아도 되지만 생

명력은 이미 충분한 양이 있기에 약간 부담이 되었다.

하지만 대부분 마정석을 제외한 몬스터의 부산물은 정말 헐값에 매각되곤 했다. 특히나 요즘 몬스터의 부산물은 가격이 많이 떨어졌다.

메탈드워프들이 신형 무기를 만드느라 최소한의 사람만이 기간산업에 종사하고 있었다.

마정석에서 카오스에너지를 뽑는 메탈드워프를 제외하고는 모두 무기를 만드는 데 강제로 투입되었다.

예전 같으면 메탈드워프들이 단체로 항의하고 난동을 피웠겠지만 지금은 전혀 그럴 수가 없었다.

가끔 도심에 나타난 몬스터의 강력한 모습을 보고는 두말 없이 정부의 요구에 따랐다.

그들이 생각하기에도 몬스터가 갑자기 강해져서 메탈사이퍼들의 무기가 시급하게 개선되지 않으면 앞으로 무슨 사달이 벌어질지 모를 정도였다.

"유통업체들이 이 몬스터의 부산물을 얼마에 매입하나요?"

"요즘은 몬스터의 부산물이 폭락하여 한 마리당 400~500만 원에 매입합니다."

"네?"

"말도 안 되는 가격이죠."

"그렇게 싸요?"

"네, 요즘 메탈드워프들이 모두 무기를 만드느라 정신이 없는 모양입니다. 뭐라고 하더라? 베라 뭐라고 하는 새로운 합금을 만든다고 하는 것 같은데, 그게 잘 되지 않나 봅니다."

"그래요?"

"네."

오열은 이상했다.

뉴비드 행성에서 보낸 모라베라 합금을 지구에서 만드는 모양인데 그게 왜 힘든지 이해할 수가 없었다.

이철수 대령이 합금의 성분분석표를 보내지 않았을 리 없다.

그렇다면 지구에 있는 메탈드워프들은 새로운 합금을 만들려고 하는 것이다. 지구에 없는 광물이니 대체 가능한 재료를 사용하고 싶을 것이다.

'하긴, 만든다고 다 무기가 되는 것은 아니지. 내가 마정석과 에너지스톤을 융합시키지 않으면 소용이 없지. 그런데 내가 땅굴을 파느라 시간이 없으니 그 시간을 이용해 다른 합금을 연구하는 것이겠지.'

오열은 베르니어의 사체를 냉동고에서 꺼내 도축했다. 도축을 시작하자 시간이 많이 걸렸다. 아무리 익숙한 도축이라도 몬스터의 사체가 너무 많았다.

그래도 몬스터의 매매 가격이 너무 싸서 파는 것은 의미가 없었다.

한 마리에 400만 원이라면 100마리 해봐야 4억밖에 되지 않는다. 창고 유지비도 제대로 나오지 않는 금액이다.

'누군가 돈 있는 놈들은 떼돈을 벌겠군.'

평소의 3분의 1 가격으로 매매되는 몬스터 사체를 매집해 놓으면 나중에 제값을 받고 되팔 수 있을 것이다.

사실 몬스터 사체에서 카오스에너지를 뽑아 되팔아도 세 배 이상 벌 수 있다.

'돈이 있다면 해볼 만한데. 가만, 꼭 내 돈으로 매입할 필요는 없잖아?'

오열은 길드의 돈으로 매입하면 수익이 많이 남을 것이라는 생각이 들었다.

*　　　　*　　　　*

길드는 어차피 지주회사 형식으로 운영된다. 그러니 개인의 돈을 쓸 이유가 없다.

어느 길드든지 매달 일정한 금액을 유보금 명목으로 축적하고 있다.

운영 자금이라고도 하고 위험 대비 자금이라고 하는데 길드에 일이 생겼을 경우를 대비한 돈이다.

'더 나이트' 길드도 페이퍼컴퍼니를 만들고 나서 매달 40억 정도의 운영 자금이 몬스터 부산물을 매각할 때마다

들어온다.

페이퍼컴퍼니라서 대부분의 돈이 길드로 입금되고 있었다. 오열은 장칠부 총무에게 재정 상태를 물어봤다.

"길드에 자금이 얼마나 있나요?"

"그, 그게 정확하지는 않지만 약 120억 정도 있는 걸로 알고 있습니다. 회사에서 나오는 수익금을 매달 배당하고 있기에 다른 길드처럼 큰 아직 돈은 비축하지 못하고 있습니다."

오열은 120억이면 몬스터의 사체를 엄청나게 사 모을 수 있을 것 같아 매집하라고 말했다.

"몬스터의 사체를 매집하라고요?"

"네, 가능한 2층의 베르니어를 중심으로 사서 모아보세요. 메르앙 길드에게 부탁하면 어지간하면 사체는 넘겨줄 겁니다."

"아, 네. 그럼 얼마나?"

"돈 되는 대로 다 사세요."

"아, 네."

오열이 이와 같이 말한 이유는 지금 꾸준하게 잡히는 몬스터라 하더라도 앞으로 계속 잡힌다는 보장은 없다.

사실 언제 어떻게 될지 아무도 모른다. 개당 400만 원짜리 몬스터라면 얼마든지 사서 창고에 쌓아놓을 수 있다. 최악의 경우 카오스에너지로 만들어 팔아도 절대로 손해는 안 본다.

오열은 하루 종일 몬스터를 도축하여 종류대로 분리하였

다. 뼈는 뼈대로, 살과 피도 따로 모았다.

열심히 했음에도 창고 안에 있던 몬스터 사체의 반도 처리하지 못했다.

오열은 장칠부 총무에게 자신이 도축한 몬스터의 숫자를 장부에 기록하라고 해놓았다. 도축한 재료는 모두 커다란 상자에 넣어 트럭에 실었다.

"이것들은 어디로 가게 됩니까?"

"이것들은 나의 개인 실험 재료로 쓰이게 될 것입니다. 이런 재료들이 모이지 않으면 몬스터를 상대할 때 쓰는 마취제와 같은 재료를 만들 수 없습니다."

"아, 네."

장칠부는 고개를 끄덕였다.

부길마인 장준식에게 오열이 하는 것에는 일절 관여하지 말라는 말을 들었기에 그런가 보다 하고 있다.

적어도 더 나이트 길드에서는 오열이 하는 일에 공개적으로 비난할 사람은 아무도 없었다.

그뿐만 아니라 일반적으로 어떤 길드든 마스터는 굉장한 권위를 가지고 있어 길드원이 쉽게 이의를 제기할 수 없는 구조로 되어 있다.

이는 기존 길드의 마스터들이 자신들의 이익을 위해 조장한 탓도 있고 길드 자체의 발전을 위해서도 그런 것이 필요했다.

과거에 민주적인 길드마스터가 있던 몇몇 유명한 길드가 위기를 맞이하게 되자 허무하게 무너지는 것을 보았기 때문에 독재를 어느 정도 용인하고 있었다.

오열은 트럭에 가득 쌓인 몬스터의 부산물을 보고 만족스러운 미소를 지었다. 길드가 있어서 이런 부분에서는 제법 도움이 되었다.

처음부터 길드가 만들어질 때부터 한계를 가지고 있었다.

주요 구성원들이 용의 기사단 소속이라는 것, 그리고 지주회사 형식으로 길드를 운영하자는 말이 나왔을 때부터 어느 한 사람의 독주를 인정하지 않겠다는 의도였지만 조직이라는 것이 초심대로 운영되지는 않는 법이다.

자리가 사람을 만든다는 말이 있다. 그리고 오열의 강력한 무위를 본 길드원들은 알게 모르게 오열을 의지하기 시작했다.

힘이 권력이 된 세상에서 오열이 강력한 메탈사이퍼라는 사실 하나만으로도 이미 그는 어느 누구도 넘볼 수 없는 강력한 마스터가 되어가고 있었다.

오열은 몬스터 부산물을 집으로 가져와 밤을 새워 생명력을 뽑아서 만들었다.

그러자 그 많던 것이 작은 상자 하나로 줄어들었다. 특히나 네트를 만들 베르니어의 가죽은 시간이 없어서 처리도 하지 못했다.

'이 정도면 되었어.'

대충 정리를 하고 나니 어스름 달빛이 물러나더니 아침이 되었다.

"하아!"

오열은 나지막하게 한숨을 내쉬었다. 아만다가 지구에 오면 뭔가 생활이 달라질 것이라고 생각했는데 변한 것은 없었다.

아만다는 충분히 아름다웠다. 그러나 어제 같은 오늘이 또 다가왔다.

오늘도 하루 종일 또 땅을 파야 한다. 이제 3일 남았다. 3일만 더 작업하면 에너지스톤을 채취하게 된다.

아마도 아마스트라스 숲에서 채취하는 에너지스톤으로는 이번이 마지막이 될 것 같았다.

아무리 아마스트라스 숲에 광물 자원이 많이 있다고 해도 4개국의 우주요원이 앞을 다투어 채굴하니 곧 바닥을 드러낼 것이 뻔했다.

아만다와 아침을 함께 먹고 오열은 아바타에 접속했다. 이미 다른 아바타들은 접속을 마치고 그를 기다리고 있었다.

"오서 오십시오."

"오늘도 즐겁게!"

서로 가볍게 인사를 하고 일을 시작했다.

오열이 폭약을 설치하고 터뜨리면 그 뒤처리는 아바타들

이 했다.

레일 위로 작은 수레들이 움직이고 있다. 에너지스톤으로 움직이는 20여 대의 수레가 나무 레일 위로 바쁘게 움직였다.

오열은 점심을 먹고 나자 잠이 몰려왔다. 어제 잠을 자지 않고 일을 한 탓에 저절로 눈이 감겼다.

오열이 한쪽 구석에 누워 잠들자 다른 아바타들도 편하게 쉬었다.

그들은 군인이라 급할 것이 없었다. 명령대로 하기만 하면 되었다.

오열이 일어날 생각을 하지 않자 몇몇 아바타가 밖으로 나갔다. 하늘에는 와이번들이 날아다니고 있었다.

"오늘은 몇 마리나 잡을까?"

"다섯 마리만 잡자."

동굴이 만들어지고 나서 아바타들은 종종 동굴 밖으로 나가 와이번을 사냥하곤 했다. 스피드건이 생긴 이후 몬스터 사냥이 쉬워졌다.

"조준!"

"쏴!"

스피드건이 환한 빛을 내면서 예열을 했다. 예열 시간 때문에 스피드건은 정확도가 낮은 편이다. 그래서 몬스터를 먼저 발견했을 때 유리했다.

예열만 되면 총알은 굉장히 빠르게 날아가 어떠한 몬스터도 피할 수 없기 때문이다.

펑.

펑.

총알이 하늘로 솟구쳐 올라갔다. 총알이 발사되자 세 마리의 와이번이 비명을 지르며 땅으로 추락하기 시작했다.

상당히 높이 날아다니는 와이번이지만 문제는 날개가 지나치게 커서 조준이 쉬웠다. 와이번을 아바타들이 먼저 발견하면 거의 백발백중이었다.

"오! 일타삼피네."

"오늘 운이 좋은데? 오열이 안 일어났으면 좋겠네."

"그렇지. 사실 이게 더 짭짤해."

몬스터를 잡으면 일정 금액이 포식자들의 통장으로 들어온다. 그 금액이 적지 않아 이들은 은근히 몬스터 사냥을 좋아했다.

와이번들이 아바타를 발견했을 때에는 그들은 이미 동굴 안으로 도망친 다음이었다.

동굴 안에서 아바타들이 키득거리며 웃었다. 와이번들이 화가 나서 하늘에 원을 그리며 돌았지만 동굴 안에 있는 아바타를 어쩌지 못했다.

공격하려고 땅으로 내려오는 순간 오히려 와이번이 위험해진다.

"와이번 알이 고가로 거래되는데 아쉽다."

"오열이가 이 사실을 알면 곤란한데."

"왜?"

"그러면 또 몬스터 잡는다고 채굴을 하지 않을 수도 있어. 빨리 끝내고 휴가를 받아서 쉬고 싶은데 말이지."

"아, 휴가를 받으면 그때 그곳에 갈 것인가?"

"그래, 오랜만에 몸 좀 풀어야지."

이들이 몸을 풀겠다는 것은 여자와의 잠자리를 말하는 것이다.

군인들의 성욕을 너무 강하게 묶어놓는 것은 별로 좋은 방법이 아니어서 큰 문제만 일으키지 않으면 상부에서도 묵인해 주고 있었다.

"소피아가 죽여주던데."

"안젤리나가 더 섹시해. 허리 돌리는 기술이 예술이야."

오열은 이들의 이야기를 들으면서 앞으로 나가 와이번을 바라보았다.

날개가 찢겨진 후에 추락했기에 거의 치명적인 부상을 입었다.

오열은 와이번의 꼬리를 에너지소드로 잘랐다. 기계에 성분을 분석하자 특이한 내용이 없어 그냥 들어왔다.

"어, 오열, 왔었군."

아바타들이 웃는 얼굴로 맞이했지만 표정이 제각각이다.

어떤 이는 오열이 혹시라도 와이번에 대한 소유권을 주장하면 어떻게 하나 하는 생각과 함께 예전에 오열이 잡은 와이 번을 자기들이 슬쩍 집어간 것을 기억했다. 하지만 오열은 이 따위 와이번에는 아무 관심도 없었다.

"와이번 알이 비싸다?"

오열도 언뜻 들어본 말이다.

브로도스가 와이번 사체를 실험 재료로 가졌으면 좋겠다 고 한 적이 있다. 와이번 알이 엄청 비싸다는 말과 함께.

'왜 와이번의 알이 비싸지?'

와이번이 비싸다는 것은 이해가 되었다. 하늘의 제왕이고 마정석도 사체도 꽤 돈이 된다.

그리고 와이번의 박제를 만드는 귀족도 있어 비쌀 만했다. 하지만 알이 왜 비싼가?

오열은 아무리 생각해도 이해가 되지 않았다.

이것은 닭보다 계란이 더 비싸다는 것인데 품종 계량을 위 한 특이한 경우의 알을 제외하고는 계란이 더 비싼 경우는 절 대로 없었다. 생각해 보니 뭔가 이상했다.

요즘에는 와이번이 예전만큼 많지 않았다.

하늘을 가득 메우던 와이번이 이제는 그 수가 눈에 띄게 줄 어 있었다.

아바타들이 시간만 나면 사냥을 한 탓이다. 그들은 강력한 무기를 가지고 있으니 사냥을 안 할 이유가 없었다.

하루에 한두 마리씩 잡아도 한 달 반이 지나고 보니 와이번의 개체 수가 눈에 띄게 줄어들었다.

오열은 갑자기 재미있는 생각이 들었다. 하지만 그것을 밖으로 내지는 않았다.

"일단 일을 시작하죠."

"알겠습니다."

아바타들이 재빨리 와이번의 사체를 수습했다.

오열은 돌아와 다시 굴을 파기 시작했다. 이제 이틀만 지나면 채굴할 수 있기에 오열은 서둘렀다.

푸식.

펑!

동굴이 화약에 의해 뻥뻥 뚫렸다. 아무리 생각해도 연금술사의 이런 능력은 거의 사기급이었다. 오열의 화약 다루는 기술만큼은 광부들보다 나았다.

"굉장하군요!"

아바타들이 환호성을 터뜨렸다.

사실 화약만 다루는 오열은 무리를 하면 2주면 에너지스톤을 채취할 수 있었지만 마나 수련도 해야 하고 집에서는 아만다가 기다리고 있기에 오랜 시간 접속할 수 없었다.

일찍 일이 끝나면 그때부터 아바타들이 와이번을 사냥해서 용돈을 챙기곤 했다.

"오늘은 이만하죠."

"알겠습니다."

오열은 5시가 되자 일을 마쳤다.

생각 같아서는 밤을 새우고 싶었지만 무리할 수는 없었다. 어제만 해도 실험실에서 밤을 새웠기 때문에 아침에 아만다에게 한소리 들었다.

"다른 국가의 아바타들은 뭘 해요?"

"다른 나라라고 별수 있습니까? 다들 어떻게 하면 에너지를 구할 수 있을까 눈을 벌겋게 뜨고 있지요."

"다툼이 없나요?"

"있을 수가 없지요. 다들 아바타이다 보니 파괴되어도 살기 때문에 완전범죄가 있을 수가 없습니다. UN이 있기에 힘이 강하다고 무력을 사용할 수도 없습니다."

"그렇군요."

오열은 고개를 끄덕였다. 마나 수련을 마치고 접속을 종료했다.

지하에서 1층으로 올라왔는데 아만다가 소파에서 TV를 보고 있다.

"아만다!"

"······?"

오열은 아만다의 눈빛이 이상한 것을 깨달았다. 평소와 달랐다.

'뭐지?'

알 수 없는 한기가 뒷목을 강타했다. 아만다의 눈빛에서 생기가 꺼진 것 같아 가슴이 덜컹 내려앉았다.

"이제 왔어?"

"아, 응."

오열은 아만다가 정신을 차리고 아는 체를 하자 안도했지만 그의 감정을 가득 점령한 느낌은 사라지지 않고 있었다.

'그러고 보니 몇 주 전부터 이상했어. 말이 적어지고 애교도 없어졌지. 그리고 건망증이 심해졌어.'

오열은 아만다를 주의 깊게 살펴보았다.

늘 아름답던 얼굴의 윤기가 살짝 빠져버린 것 같았다. 그것은 양파가 수분을 잃고 쭈그러든 느낌과 비슷했다.

그동안은 워낙 아름다운 외모라 조금 달라져도 눈치를 채지 못했던 것이다.

그런데 어제 이영 공주를 만나고 나서야 무엇인가 이상하다는 것을 깨달았다.

하지만 무엇 때문인지 알 수가 없었다. 지구에 온 지 얼마 안 되었기에 벌써 향수병에 걸리지는 않았을 것이다.

오열은 아만다의 입술에 가볍게 입맞춤을 하고 생각에 잠겼다.

아만다는 다시 TV를 보았다. 이영 공주에게서는 난초 향기가 났다.

진하면서도 질리지 않는 그윽한 향기. 아만다도 그랬다.

그녀는 언제나 향기로웠고 그녀가 내뿜는 긍정의 에너지

때문에 옆에 있으면 언제나 즐거웠다. 그런데 지금은 아니었다.

"혹시 몸이 이상한 데라도 있어?"

"특별히 나쁜 곳은 없어. 다만 조금 몸이 무겁다고나 할까?"

"생리는?"

"이상 없어."

"그래?"

오열은 감을 잡을 수 없었다. 저녁을 먹자 아만다가 정원을 산책하기를 원했다.

하늘의 서서히 물드는 노을빛이 불타는 듯 뜨겁게 느껴졌다.

"아름다워요."

"그렇군."

오열은 대답을 하고 아만다의 표정을 살폈다. 어딘가 특별히 아픈 것 같지는 않은데 아만다와 정서적으로 조금 멀어진 느낌이 든다.

이런 이질감은 전혀 예측하지 못한 것이라 오열은 당황스러웠다.

연애를 많이 한 것도 아니고, 여자와 섹스를 많이 하기는 했지만 거의 대부분 원나잇에 지나지 않아서 여자의 이런 변화에는 속수무책이다.

오열은 나직하게 한숨을 내쉬었다.

*　　　　*　　　　*

에너지스톤이 마침내 제 모습을 드러냈다.

암석 사이에 박힌 붉은 보석이 어둠 속에서도 반짝였다.

"와아, 드디어 끝났군요!"

"저걸 다 캐내야 끝이 나죠."

"네, 네."

장사열이 오열의 뒤에서 환하게 웃었다.

땅굴을 파는 지루한 작업이 끝났으니 마음은 모두들 콩밭
에 가 있다.

소피아의 엉덩이를 두드릴 생각으로 입가의 미소가 하나
가득이다.

"자, 그럼 이제 작업을 하죠."

오열이 소리를 지르자 아바타들이 질서정연하게 장비를
꺼내 바위를 잘라 오열의 앞에다 가져다 둔다.

오열은 용액을 꺼내 바위 사이에 발랐다. 잠시 후 바위에
박혀 있던 에너지스톤이 떨어져 나왔다.

오열은 그렇게 작업한 에너지스톤을 상자에 차곡차곡 담
았다.

10여 명의 아바타가 일을 하자 에너지스톤을 채취하는 것

은 아주 쉬웠다.

그런데 그때 잠시 동굴이 흔들렸다.

'뭐지?'

알 수 없는 불안감이 스며들었다. 일순 아바타들도 모두 작업을 멈췄다.

오열은 즉시 기계를 꺼내 혹시라도 몬스터가 있지 않을까 살펴보았다.

'젠장, 맙소사!'

약 100m 아래쪽에 거대한 몬스터 한 마리가 똬리를 틀고 앉아 있었다.

정은규 중령이 오열에게 다가와 '어떻게 하죠?' 하고 묻는다.

오열이라고 무슨 방법이 있는 것이 아니다. 지하에 있는 몬스터가 무서운 것은 공격력이 강해서가 아니다.

몬스터와 전투를 하게 되면 그동안 파놓은 땅굴이 붕괴되는 것이 가장 큰 문제였다.

"할 수 없죠. 오늘은 이만해야죠."

"알겠습니다."

정은규 중령의 손짓에 아바타들이 장비를 챙겨 들고 동굴을 나갔다.

오열은 아쉬웠다. 이 정도의 병력이라면 몬스터와 싸워도 되지만 문제는 동굴이 붕괴되었을 때 아바타가 쉽게 파괴된다는 점이다.

해야 될 일이 아직 많이 남아 있지만 포기하고 지상으로 나왔다.

오열은 흘깃 에너지스톤이 붙어 있는 바위들을 바라보았다. 겉으로 보기에는 몇 개 남지 않은 에너지스톤이지만 지금까지 채취한 양보다 더 많은 에너지스톤이 바닥에 묻혀 있음을 알고 있다.

17㎞를 걸어서 나오니 숲의 공기가 폐로 마구 밀려오는 것이 너무도 신선했다.

동굴에 있는 동안에 비가 왔는지 숲은 깔끔했다. 나무가 옆에서 숨을 쉬고 있다는 느낌이 들 정도로 신선한 모습이다.

"좋군요."

"이제 어떻게 하실 겁니까?"

"별수 없죠. 그놈이 없을 때 작업을 해야죠. 아니면 소수의 사람들이 따로 작업을 하든지요. 사람이 많으면 몬스터를 격동시킬 수 있으니까요."

"그렇군요."

정은규 중령이 아쉬워하는 표정으로 고개를 끄덕였다. 광물을 개발하는 것이 어려운 이유는 땅을 파는 기술도 기술이지만 땅속에 있는 몬스터 때문이다.

땅속에서 몬스터와 마주치는 것은 생각만 해도 끔찍한 일이다. 그래서 땅을 팔 때에도 몬스터가 있는 곳을 회피해서 파고 가능한 빠른 시간 내에 광물을 채취해야 한다.

오열이 이곳 행성에서 인기가 있는 이유는 다른 것이 아니다. 땅굴을 빨리 팔 수 있는 기술 때문이다.

땅굴을 빨리 파서 광물을 채취하면 그만큼 위험이 낮아지니 우주함선의 한국군들이 오열에게 목을 매는 것이다.

땅속의 몬스터만 없다면 사실 그들이 자체적으로 광산을 개발해도 된다. 시간은 아주 많이 걸리겠지만 말이다.

"기분도 꿀꿀한데 와이번이나 잡자."

"그러자."

일부 아바타들이 용돈 벌이에 나섰다. 스피드건을 하늘을 향해 쏘자 와이번 한 마리가 총알에 맞아 추락했다.

"빙고!"

키르르르륵!

와이번들이 몰려들었다. 하늘은 와이번 떼로 가득했지만 아바타들은 조금도 위축되지 않고 스피드건을 예열시키며 하늘을 향해 쏘았다.

섬광이 번쩍하면서 총알이 날아가면 와이번이 비명을 지르며 추락하였다.

와이번들이 공격적으로 날아오자 아바타들은 능숙하게 동굴로 후퇴하였다. 일부 아바타는 후퇴하면서도 하늘을 향해 총을 쏘았다.

"와, 맞았어! 봤지?"

이명훈이 뒤를 돌아보며 씩 웃었다.

"조심해!"

와이번 한 마리가 날아와 그를 낚아채 날아올랐다.

"으악!"

이명훈의 비명 소리와 함께 스피드건에서 섬광이 터져 나갔다.

키르르르륵!

와이번 한 마리가 비명을 지르며 땅으로 추락했다. 날개 한 쪽이 완전히 날아가서 추락한 것이다.

아바타들이 일제히 오열을 바라보았다. 그의 손에는 아다티움건이 들려 있었다.

"굉장하네요."

"와아!"

모두 감탄하는 사이에 아바타 하나와 추락한 와이번에게 다가가 에너지소드를 휘둘렀다.

와이번의 발톱에 짓이겨진 이명훈이 허리가 휘어진 채로 굴러 떨어졌다.

척추가 반으로 부러지지 않은 것은 순전히 메탈아머 덕분이었다. 그의 아바타를 집어 동굴로 들어왔다.

"괜찮네."

"살아 있네."

아바타가 서로 중얼거렸지만 오열이 보기에는 거의 반파

된 것이나 마찬가지로 아바타가 망가져 있었다.

"괜찮나?"

정은규가 묻자 이명훈이 고개를 끄덕이며 간신히 대답한다.

"괜, 괜찮습니다."

일행 중 하나가 아바타의 아머에 무엇인가 끼워 넣자 반으로 꺾인 허리가 펴지기 시작했다. 오열은 그 모습을 보면서도 이해가 되지 않았다.

"뭐죠?"

"힐링스톤이라고, 아바타가 완전히 파괴되지 않으면 복원이 가능합니다."

"그런 게 있습니까?"

"네, 군 기밀이라 더 자세한 것은 말씀드릴 수가 없습니다."

오열은 생각에 잠겼다.

역시 정부는 민간인을 상대로 모든 정보를 오픈하지 않는다. 오열은 자신이 알지 못하는 것이 아주 많다는 것을 느끼고는 생각에 잠겼다.

자신이 아는 것이 전부가 아니며 지극히 적은 일부에 지나지 않는다는 사실.

말은 힐링스톤이지만 거의 리스토어에 가까웠다. 반쯤 부서진 아바타가 순식간에 복구되었다.

'흠, 숨기는 것이 있구나.'

오열은 기분이 나빠졌다. 정부는 일반인 메탈사이퍼를 상대로 아바타를 만들어주고 나서 정보를 은폐한 것이다.

어떻게 보면 일반인을 상대로 실험을 한 것일 수도 있다는 의심이 들었다.

"아바타가 파괴되면 본체도 충격을 받게 됩니다. 심한 경우는 한 달 동안 요양해야 하죠."

정은규의 말에 오열은 가볍게 고개를 끄덕였다.

아무리 기분이 나빠도 상대는 정부다. 게다가 군인을 상대로 따져 묻기도 뭐했다.

정확히 말하면 그들이 정보를 공개하지 않은 것이지 사기를 친 것은 아니었다.

'더 강해질 필요가 있어. 연금술을 갈고닦아야겠군.'

오열은 오직 자신 외에 누구도 믿지 못한다는 것을 느꼈다.

그러자 모든 것이 부조리하게 보였다. 이제까지는 아만다 때문에 부당한 일도 많이 참았는데 생각해 보니 굳이 자신이 정부의 서류에 사인을 할 이유도 없었는데 말려든 느낌이 들었다.

메탈사이퍼가 일반인을 상대로 살인을 하면 그것은 빼도 박도 못하는 살인죄가 성립되지만 오열의 상대는 무려 1:150이었다.

그것도 붉은 늑대 길드원이다. 왜 이 순간 이런 생각이 들었는지 모르지만 감정의 변화가 생겼다.

사랑에 눈이 멀었던 그가 원래의 삐딱했던 모습으로 돌아온 것이다.

'앞으로는 더 이상 당해주지 않을 거야.'

오열은 비릿한 웃음을 터뜨렸다.

원래 이곳에서 땅굴을 파는 것도 그가 원해서 하고 있는 일이 아니다.

이런저런 명목으로 조건이 붙은 것이다. 그중 그에게 가장 영향력을 끼친 것은 아만다와 관련된 포탈 비용을 정부가 광산 채굴과 연관 지은 것이다.

오열도 땅굴을 파도 공짜가 아니니 쉽게 서류에 사인했다.

본질적인 의문이 들자 오열은 이철수 대령에게서 느끼던 호감마저 사라지는 것 같았다.

오열은 아바타들이 와이번의 사체를 처리하자 그들과 함께 우주함선으로 돌아왔다.

"어서 오게."

이철수 대령이 웃으며 그를 맞이했다. 오열도 웃으며 그를 보았다.

"연락은 받았네. 갑자기 땅속에 몬스터가 나타났다고."

"예, 어떻게 된 것인지 모르겠지만 현재로서는 그렇습니다."

"100m 밑에 있던 놈이 소리에 반응했다면 상당한 큰 놈이겠군."

"저도 그렇게 생각합니다. 동굴이 크게 흔들렸거든요."

"앞으로의 작업은 어떻게 될 것 같나?"

"쉽지 않을 것 같습니다."

"흐음, 그건 그렇고, 오늘 얻은 에너지스톤을 보여주게."

"네, 그러죠."

오열은 가방에서 상자를 꺼냈다.

오열이 넘겨준 에너지스톤을 보며 이철수 대령의 입꼬리가 위로 찢어졌다.

"생각보다 많군."

"네, 작업을 하는 속도가 생각보다 빨랐습니다."

"그럼 남아 있는 에너지스톤은 별로 없다는 것인가?"

"겉으로 보기에는 그렇습니다. 뭐 작업을 하면 더 나오기야 하겠죠."

"그렇군. 그것은 다행스러운 일이야."

이철수 대령이 에너지스톤을 기계에 넣고 에너지량을 측정했다.

그리고 그중에서 20%에 해당하는 에너지스톤을 돌려주었다. 오열은 그것을 받아 자신의 가방에 집어넣었다.

오열은 아까 본 힐링스톤에 대해 물어보았지만 이철수 대령이 난처한 표정을 짓고는 대답해 주지 않았다. 정은규 중령의 말처럼 기밀인 모양이다.

오열은 그가 난처해하자 더 이상 물어보지 않았다.

이런 일은 보챈다고 될 일이 아니다.

내용의 중요도를 떠나 기밀로 분류된 것을 민간인에게 말해줄 리가 없다.

이것은 그와 얼마나 친하냐 아니냐의 문제가 아니라 일의 성질 자체가 그러했다.

오열은 피식 웃었다. 이제야 깨달았다.

개인은 집단을 상대로 제대로 대우받기가 힘들다는 것을. 특히 정부기관을 상대로 개인이 무엇인가 이익을 취하기란 요원한 일이다.

'그동안 특별대우를 받은 것도 결국 나의 땅 파는 기술 때문이었군.'

이철수 대령이 그에게 어떤 불합리한 행동을 한 것은 아니지만 기술을 감추는 모습에서 자신은 그냥 정부의 필요에 의해 컨택당한 부속품에 지나지 않는다는 것을 깨달았다.

땅 파는 기술이 없었다면 정부는 자신이 어떻게 되든 신경도 쓰지 않았을 것이라는 사실을 자각하자 오열은 화가 치밀어 올랐다.

이런 분노는 아무 근거도 없는 것이지만 어쨌든 화가 났다. 하지만 그는 자신이 화가 났다는 것을 표현할 수가 없었다.

그리고 사실 그가 화를 내는 것은 말이 안 되는 일이었다.

군사 기물로 분류한 것이라면 그뿐만 아니라 그 누구에게

라도 말해주지 않았을 것이기 때문이다.

오열은 에너지스톤을 받았기에 이곳에 더 있을 이유가 없는 것을 깨달았다.

"그럼 이만 가보겠습니다."

"아, 차라도 한 잔 더 하고 가지 그러나?"

"아닙니다. 이만 가보겠습니다."

오열은 우주함선을 나와 익룡의 숲으로 돌아왔다.

어둠이 숲에 짙어지고 있었다.

오열은 아지트에 도착하여 마나 수련을 하고 접속을 종료했다.

아만다는 오늘도 TV를 보고 있었다.

그녀는 혼돈스러웠다. 오열과 함께 있기 위해 이곳에 왔지만 그녀가 이곳에서 할 수 있는 것이라고는 고작 TV를 보면서 언어를 배우는 것이 다였다.

무엇보다도 충격적인 것은 이곳이 자신이 살던 곳과 너무나 다른 세상이라는 것이었다.

상위의 문화에서 하위문화로 왔다면 그나마 적응하기가 쉬울 터인데 그 반대라서 모든 것이 새로웠다. 그리고 그것이 그녀에게는 두려움으로 다가왔다.

"아만다."

"아, 달링! 어서 와요!"

오열은 아만다가 다시 정상으로 돌아왔지만 뭔가 알 수 없는 위화감이 존재한다는 것을 느꼈다.

하지만 그것이 무엇인지는 알 수 없었다. 그녀는 예전의 모습으로 돌아왔지만 행복해 보이지는 않았다.

'혹시 우울증에 걸린 것일까?'

오열은 가까운 시일 내에 아만다를 데리고 병원을 가봐야겠다고 생각했다.

오열은 소파에 앉아 TV를 보는 아만다의 허리를 손으로 만졌다.

가냘픈 허리를 타고 위로 올라가자 풍성한 가슴이 나왔다. 오열의 손길을 느끼고 아만다가 작은 신음을 터뜨렸다.

"아~"

오열은 아만다를 사랑했다.

그는 아만다와 결혼을 하고 아이를 낳을 생각이다. 그것이 아니었다면 아만다가 지구에 오는 것을 반대했을 것이다.

평생 같이 살고 싶은 여자. 그래서 지구로 오고 싶어하는 것을 알고는 굉장히 기뻤다.

사실 아바타로 하는 섹스나 본체로 하는 것이나 별반 다를 바가 없었다.

하지만 본체로 하는 것은 정신적 만족도가 아주 높았다.

자극이 아닌 정신적으로 공유해서인 듯했다. 그리고 아기가 태어날 수 있다는 희망이 그를 들뜨게 만들었다.

격렬한 정사 후에 아만다가 오열의 가슴에 얼굴을 묻고 작은 소리로 중얼거렸다.

"당신이니까 참는 거야. 당신이니까. 이곳은 외로워."

오열은 아만다의 말에 충격을 받았다.

명랑한 아만다가 변한 것은 외로움 때문이었다.

오열은 자신이 바빠서 제대로 아만다를 챙겨주지 못한 것이 생각났다.

"아만다, 이제부터 당신에게 더 잘해줄게."

아만다는 오열의 말에 말없이 고개를 끄덕이며 눈물을 흘렸다.

투명한 눈물이 그녀의 뺨을 타고 오열의 가슴을 적시자 오열은 마치 총이라도 맞은 것처럼 아픔을 느꼈다.

9장

숲의 지배자

오열은 아만다와 시간을 보내느라 한동안 아바타에 접속
하지 않았다.

사실 그로서는 할 만큼 한 것이다. 이제 정부에 끌려다니는
것도 지겨웠다.

'내 삶의 주인은 바로 나 자신이어야 해!'

마음 깊은 곳에서 울림이 일어났다.

누구도 아닌 삶의 주인은 자신이어야 한다고.

전능한 신도 아닌 주제에 자신의 삶에 영향력을 끼치려고
했던 정부의 행동이 싫었다.

물론 법정에 섰으면 그들의 말대로 유죄가 될 확률이 높았

다. 그렇다고 하더라도 그들이 주장한 만큼 심각한 것은 아닐 것이라는 생각에 변호사에게 문의를 해보았다.

'글쎄요. 좀 애매하군요. 방어 행위가 과잉인 것은 맞는데 해석상의 문제가 있습니다. 여기서는 150명이라는 것이 중요합니다. 150명이나 죽였다고 판사가 본다면 형량이 높을 수 있지만 150명이나 되는 사람이 한 사람을 죽이려고 했다면 무죄가 될 수도 있습니다. 문제는 죽은 자들이나 죽인 자나 왜 타협을 시도하지 않았을까 하는 점이 일반인들이 가지는 의문이죠. 한마디로 제정신이 아닌 분들이죠. 총론적인 내용으로는 법정의 시시비비가 가려지지가 않습니다. 물증이 무엇이냐에 따라 같은 내용도 무죄가 되기도 하고 유죄가 되기도 합니다.'

오열은 변호사의 말을 듣고는 고개를 끄덕였다.

정부가 자신을 속였다고 보기에는 애매했다. 하지만 그런 상황을 이용한 것은 맞았다.

애초에 서류에 사인을 하면서도 어렴풋하게 짐작한 내용이다. 하지만 좋은 게 좋은 것이라고 생각해서 넘어갔다.

만약 유죄가 되면 어떻게 할 것인가 하는 점을 생각하자 마음이 약해져 사인을 했다. 하지만 이제는 그렇게 당하지 않을 결심이 섰다.

오열은 하루 종일 아만다와 함께 있었다.

그녀가 한국말을 배우고 익히는 데 최선을 다해 가르쳐 주었다. 개인 강사도 구해주었다. 그러자 아만다의 한국어 실력이 눈에 띄게 늘어났다.

"아만다, 우리 부모님 한번 만나볼래?"

"엄마, 아빠요?"

"응. 아직은 힘들겠지?"

"아, 좋긴 하지만 아직은 자신이 없어요."

아만다는 오열이 부모님을 만나자고 하자 굉장히 기뻐했지만 한편으로는 부담스러웠다. 자신은 아직 한국말도 서툴지 않은가.

"그러면 조금 더 있다가 우리 부모님을 만나자."

"네."

아만다는 오열의 말에 얼굴을 붉혔다. 그리고 그녀는 하루종일 기분이 좋은지 콧노래를 흥얼거렸다.

남자가 여자에게 자신의 가족을 소개시켜 주는 이유는 단하나다. 가족이 되고 싶다는 의미.

아만다는 오열이 부모님을 만나지 않겠냐는 말에 부담을 느꼈지만 매우 기분이 좋았다. 둘 사이에 가로 막혀 있던 것이 뻥 뚫린 느낌이다.

아만다는 자신의 방으로 가서 기분 좋게 미소를 지었다.

요즘은 하루 종일 오열과 함께 있을 수 있어 좋았다. 덕분에 한국어를 배우는 속도가 매우 빨라졌다.

그녀는 샤워를 하고 거울에 비친 자신의 몸을 바라보았다.

군더더기 없는 몸매가 거울에 보인다. 나올 곳은 나오고 들어 갈 곳은 들어갔다.

아만다는 몸매에 자신이 있었다. 늘씬한 키와 금발의 머릿 결이 그녀 자신이 보아도 매력적이다.

샤워를 마치고 나와 침대에 걸터앉았다. 그런데 갑자기 머 리가 살짝 어지러워졌다.

"아~ 어지러워."

아만다는 현기증에 침대에 누웠다. 천장이 두 번 빙글 돌고 는 어지럼이 사라졌다.

'뭐지?'

아만다는 갑자기 왜 자신의 머리가 어지러웠는지 알 수가 없었다. 정신을 차리고 숨을 크게 들이마시며 거울에 비친 얼 굴을 바라보았다.

예쁜 얼굴이 기운이 없어 보인다. 이곳에 와서 몸이 약해진 것을 빼면 이제는 모든 것이 만족스러웠다. 메텔레스 영지에 있을 때보다 오열과 함께하는 시간이 많아져서 기분이 좋았 다.

'빈혈인가? 조심해야지. 모든 일이 잘될 거야. 파이팅!'

아만다는 주문을 외우듯 중얼거렸다.

벌써 몇 달째 몬스터가 도심에 나타나지 않았다.

오열이 제7던전에서 사냥을 하지 않는다면 시간적 여유가 많았다.

에너지스톤을 채굴하는 것은 이미 완수했다. 땅굴만 파주면 끝나는 계약이었다.

그러니 에너지스톤을 채굴하는 것에는 잠시 관심을 끊었다.

지금은 돈보다 아만다의 옆에 있어야 할 때였다.

사랑은 타이밍이다. 돈은 있다가도 없을 때가 있지만 사랑은 아니다.

그 시간을 놓치면 되돌리기가 힘들다. 오열은 나직하게 '사랑은 타이밍'이라고 중얼거리며 아만다에게 친절하게 대했다.

오열은 가끔 아바타에 접속하여 마나 심법을 수련하는 것 외에는 평탄한 시간이 지나갔다.

"흠, 별일 없는지 모르겠네."

오열은 뉴비드 행성의 일이 궁금해서 오랜만에 아바타에 접속했다.

마나 수련을 하고 나니 할 일이 없어졌다. 마나가 많이 쌓여 있어서 이제는 현실에서도 마나 수련을 많이 해야 할 시기가 되었다.

하지만 집에 있으면 아만다와 노느라 정신이 없어서 수련이 제대로 되지 않았다.

"흠, 그곳이나 가볼까?"

오열은 일부러 바닥에 있는 에너지스톤에 대해 말하지 않았다.

그리고 자신이 없는 시간에 아바타들이 에너지스톤을 채취해 갔으면 자신의 몫을 끝까지 청구할 생각이다.

"어?"

오랜만에 왔는데 굴이 무너져 있다.

뭔가 직감적으로 일이 있었음을 깨달았다. 오열은 무너진 동굴을 화약을 이용하여 치우고 쉽게 에너지스톤이 있는 곳까지 내려갔다.

"뭐야?"

그런데 에너지스톤이 전부 없어졌다. 아니, 없어진 정도가 아니라 지하가 뻥 뚫려 있다.

이곳에 무슨 일이 벌어진 것이 틀림없었다. 오열은 기계를 꺼내 몬스터의 위치를 보니 2주일 전보다 더 강력한 신호가 잡혔다.

오열은 에너지스톤이 아까웠다. 엄청난 양이 없어졌는데 그 이유가 궁금했다.

오열은 무기를 정비하고 구멍이 난 곳으로 천천히 내려가기 시작했다.

거대한 동굴이 면도날로 도려낸 듯 깨끗했다. 오열은 에너지소드를 단단히 쥐고 아주 조심스럽게 내려갔다. 길은 45도 각도로 가팔랐다.

오열은 흥미로웠다. 아마도 몬스터가 에너지스톤을 모두 먹은 것 같았다. 기계를 다시 체크하니 몬스터의 움직임이 없어 보인다.

몬스터 디텍터를 가방에 넣고 내려갔다.

동굴은 어두웠다. 오열은 머리에 광부들이 쓰는 랜턴을 켜고 천천히 나아갔다.

어지간한 곳에는 랜턴을 켤 필요를 느끼지 못할 정도로 시력이 좋았지만 이곳은 어두워서 앞이 제대로 보이지 않았다.

크르르릉!

거대한 몬스터가 동굴 한가운데 누워 있다. 숨을 쉴 때마다 동굴이 들썩일 정도로 거대한 몸체를 가졌다.

'어이가 없군.'

오열은 어이가 없었다.

몬스터가 너무 컸기 때문이다. 얼핏 봐도 60—70미터는 되어 보였다.

어두워서 잘 보이지 않았지만 몬스터는 뱀 같기도 하고 도마뱀 같기도 했다.

몬스터는 정신없이 잠에 빠져 있었다. 숨을 쉴 때마다 심장에서 붉은 기운이 번쩍였다.

오열은 몬스터를 보고 가장 강력한 마취제를 꺼내 아다티움건에 넣었다.

네 개의 마취제를 넣고 쏘았다. 아다티움건이 위잉 하며 빛을 뿜어냈다.

번쩍!

쿵!

몬스터가 총에 꿈틀했다. 오열은 여전히 잠에 빠진 몬스터를 보며 다시 방아쇠를 당겼다. 몬스터의 몸이 다시 작게 출렁거렸다.

오열은 조심스럽게 몬스터의 머리 쪽으로 가보았다. 몬스터의 머리에 달린 긴 수염이 인상적이다. 마치 용의 모습과 비슷하게 생겼다.

오열은 다시 머리를 향해 총을 쐈다.

번쩍!

섬광이 일고 몬스터가 눈을 뜨고 오열을 노려보았다.

퍽!

머리 가운데로 날아간 마취탄이 정확하게 두개골을 뚫었다. 그럼에도 불구하고 몬스터가 꿈틀거렸다. 오열은 급하게 다시 총을 쐈다.

번쩍.

다시 총알이 몬스터의 대뇌를 파고들었다.

─인간, 무슨 짓을 한 것이냐?

오열은 갑자기 자신의 귀를 파고드는 날카로운 말에 깜짝 놀라 바라보았다.

─왜 이런 짓을 하느냐?

"뭐, 뭐야?"

—나는 나르테스라고 한다. 이 숲의 지배자다. 그런데 넌 나에게 무슨 짓을 한 것이냐?

오열은 몬스터가 자신에게 말을 하는 것을 보고 보통 놈이 아님을 깨달았다.

전설에 나타나는 드래곤 급은 아니라도 지성을 가진 생명체이고 또 감응을 통해 인간에게 자신의 의사를 표현할 수 있는 놈이었다.

오열은 가방에서 다시 총알을 꺼냈다. 이번에는 독이 든 총알이다.

—이봐, 잠깐만!

"안 돼! 네가 움직이게 되면 복수를 하려고 할 거야!"

—이 숲의 주인으로 맹세한다. 네게 어떠한 복수도 하지 않겠다.

"됐거든. 죽이면 끝인데 복수는 무슨 복수!"

오열은 간절한 눈빛으로 부탁하는 몬스터의 눈을 보고 그대로 총을 쏘았다.

퍽!

—이것은 독이 아니냐? 마취제에 독이라니, 네놈은 연금술사로구나.

"굉장한 놈이군. 네가 강한 놈인 것은 인정해 주마."

오열은 에너지소드를 꺼내 메탈에너지를 집어넣었다. 붉

은 검기 다발이 출렁이자 몬스터가 기겁하며 비명을 질렀다.

ㅡ잠깐, 잠깐만 기다려라!

"뭐냐?"

오열은 몬스터의 숨골 아래에 검을 넣고 물었다.

ㅡ나를 죽여서 얻을 수 있는 것은 없다. 그러니 협상을 하자.

"네놈은 내가 먼저 찍은 에너지스톤을 먹어서 안 돼."

ㅡ네오스톤 말인가? 그것은 이 땅의 산물이다. 주인이 없는 것. 그리고 이 숲의 주인인 내가 취했으니 문제될 것이 없다.

"잘 가라!"

ㅡ잠깐만, 너에게 황금이 있는 곳을 알려주겠다.

"황금?"

ㅡ일리스튼 계곡의 끝에 가면 황금으로 이루어진 바위가 하나 있다. 그것은 네가 말한 에너지스톤보다는 더 값어치가 있을 것이다.

"일리스튼 계곡?"

ㅡ이곳에서 서쪽으로 가면 붉은 강이 나온다. 거기서 유드라실 나무 밑에 황금으로 된 바위가 있다.

"정말이냐?"

ㅡ물론이다. 나 나르테스는 거짓말을 하지 않는다.

오열은 비릿한 웃음을 터뜨렸다.

이 몬스터는 굉장히 위험하다. 인간과 같은 생각을 하고 있으며 인간에게 정신 감응을 통해 의사소통을 하는 것을 보니 보통 영험한 몬스터가 아니었다.

오열은 이 녀석을 살려두면 후에 많은 문제가 생길 것을 본능적으로 느꼈다.

자신이야 아바타라 무서울 것이 없지만 본체였다면 굉장히 겁을 집어먹었을 것이다.

에너지소드에 힘을 집어넣자 붉은색의 검기 다발이 몬스터의 숨골을 베고 지나갔다.

―크아악! 인간, 약속을 지키지 않는구나!

"난 몬스터와는 약속 따위 안 해. 그리고 걸리적거리는 것은 딱 질색이야."

―용서하지 않겠다! 이놈, 죽어라!

나르테스의 입이 벌어졌다.

처음에는 어둡고 축축한 기운이 동굴 안에 몰려들기 시작했다.

오열은 몬스터가 마취를 당하고 독에 중독당한 상태에서도 그가 무슨 수작을 부린다는 것을 알아차렸다.

게다가 비록 오열이 숨골을 완벽하게 자르지는 못했지만 그곳에서 녹색의 피가 끊임없이 흘러나오고 있다.

오열은 재빠르게 몸을 이동시켰다.

나르테스가 입을 열었을 때 검붉은 불꽃이 지옥의 불길처럼 덮쳐왔다.

"네오23 부스터 파워 온!"

오열의 어깨에 날개가 돋아나면서 몸이 허공으로 떠올랐다. 오열은 정신없이 도망쳤다. 도망가다 보니 내려왔던 동굴이 보였다.

"됐어."

오열이 동굴로 도망가자마자 불꽃이 그를 뒤따라 왔다. 간발의 차이로 어둡고 칙칙한 불길을 따돌렸지만 동굴이 무너지기 시작했다.

쫘르르릉!

'젠장! 뭐야? 저 녀석이 드래곤이라도 돼?'

오열은 벽면에 에너지소드를 휘둘렀다. 이미 한번 동굴이 무너지는 것을 경험했기에 어떻게 피해야 하는지 너무나 잘 알고 있다.

후두두둑!

동굴의 천장에서 갈라진 암석들이 떨어져 내리기 시작했다. 오열은 급하게 만든 작은 동굴 안으로 뛰어갔다.

"휴우!"

아무리 생각해도 이해가 되지 않았다.

숨통을 완전히 끊어놓았다고 보았는데 몬스터는 서슴지 않고 공격하였다.

이 숲의 주인이라고 하더니 그만한 지능과 능력을 가진 놈이었다.

그러나 그러면 뭐하는가.

먼저 죽이면 된다. 아바타가 파괴되어도 본체의 생명에는 지장이 없다.

이런 생각이 그를 강하게 만들었다. 동굴의 움직임이 멈추자 오열은 다시 광장으로 돌아왔다.

몬스터는 거대한 몸체를 늘어뜨리고 죽어 있었다. 나르테스는 죽음을 앞두고 마지막 공격을 한 것이다.

오열은 바닥에 앉아 거대한 사체를 내려다보았다.

몬스터가 죽었음에도 불구하고 몬스터의 심장은 붉은색이 꿈틀거리고 있었다.

오열은 주위를 둘러보았다. 동굴 한쪽이 완전히 무너져 있다.

그곳은 거대한 해일이 휩쓸고 지나간 것처럼 한쪽이 뻥 뚫려 있었다. 그리고 그 무너진 부위는 마치 고온에 녹은 플라스틱처럼 동굴이 녹아내린 흔적과 그 충격으로 천장이 무너져 내렸다.

하지만 동굴의 나머지 부분은 멀쩡했다.

이는 몬스터가 있던 동굴 자체가 워낙 단단한 암석으로 이루어진 곳이라 그런 듯했다.

오열은 몬스터의 사체 위에서 널린 돌들을 치웠다. 몬스터는 정말 거대했다.

오열은 아직도 심장에서 빛을 내고 있는 것을 보며 에너지 소드를 잡고 몬스터의 가죽을 잘랐다.

꿈틀.

몬스터의 가죽이 살아 있는 것처럼 반응했다.

'뭐지?'

몬스터가 살아 있나 하는 착각을 할 정도이다. 하지만 몬스터는 이미 숨이 끊어진 지 오래되었다. 스스로 존재하는 에너지.

오열은 이해가 되지 않았다. 심장이 뛰면 몬스터가 살아야 하는데 몬스터는 죽었다.

심장인가 아닌가, 그것도 의심스러웠다.

'혹시?'

오열은 몬스터의 머리가 있는 쪽으로 뛰다시피 걸어갔다. 역시나 몬스터의 머리는 괴사가 일어난 상태였다.

오열은 몬스터의 머리에 마취제를 한 방, 그리고 독을 한 방 날렸었다.

"뇌사인가?"

뇌사는 아니었다. 뇌만 죽은 것이 아니라 몬스터의 모든 부분이 죽었다.

그런데도 몬스터는 감응을 사용할 수 있었다. 그는 이 숲의 주인이라고 했다.

아마스트라스 숲이 얼마나 넓은지는 오열이 잘 알고 있다.

이 숲은 오스만 왕국보다 더 크고 넓었다.

숲에는 거대한 강이 세 개나 흐르고 산과 계곡은 이루 말할 수 없을 정도로 많았다.

아무리 뛰어난 능력을 가진 몬스터라 하더라도 뇌가 죽으면 끝이다.

오열은 몬스터가 죽은 것을 확인하고는 몬스터의 심장에 있는 마정석을 꺼내려고 에너지소드를 들었다.

몬스터가 죽었다는 것을 확인하니 무서울 것이 없어졌다.

힘껏 심장 주변을 찌르자 몬스터의 가죽이 꿈틀하고 반발했다.

오열은 내력을 사용하여 에너지소드에 메탈에너지를 쏟아부었다.

찌잉!

금속성을 내며 가죽이 잘려 나갔다.

오열은 아주 천천히 몬스터의 심장 주변을 잘라나갔다. 심장을 감싼 뼈가 보이고 죽어버린 심장이 보였다.

그리고 심장 뒤에서 꿈틀거리는 붉은색의 마정석이 마치 살아 있는 것처럼 움직였다.

오열은 기계를 꺼내 마정석에서 샘플을 적출하여 돌렸다. 위잉 하며 돌아가는 성분분석기가 멈추었을 때 오열은 믿을 수가 없었다.

성분의 일부가 에너지스톤과 매우 흡사했던 것이다.

'이게 뭐지? 이놈이 에너지스톤을 먹었는데 마정석이 에너지스톤을 닮아간다?'

몬스터의 생명에너지는 근본적으로 카오스에너지로 구성되어 있다.

유성이 떨어진 후 지구가 변했다. 유성이 떨어진 자리에는 거대한 크레이터가 생겼고, 거기에는 엄청난 카오스에너지가 넘실대고 있다.

'방사능처럼 몬스터는 카오스에너지에 의해 변종이 된 것인가? 마치 작은 거미가 카오스에너지에 노출되어 거대한 개체로 변하듯이?'

오열은 붉은빛을 뿌리며 꿈틀거리는 마정석을 보며 이해할 수 없는 경이로움을 느꼈다.

몬스터에게는 두 개의 심장이 있는 것이나 마찬가지였다.

아마도 독에 의해 뇌가 먼저 죽지 않았다면 나르테스는 어쩌면 죽지 않을 수도 있었을 것이다.

'몬스터가 강한 것은 두 개의 심장을 가져서인가?'

하급 몬스터로는 몬스터의 생명의 기원을 밝힐 수 없던 이유가 마정석이 약해서일지도 모른다.

그리고 강한 몬스터는 실험 재료로 쓰지 못할 정도로 무지막지하게 강했다.

그럼에도 이해가 되지 않았다.

분명한 것은 이 마정석의 효과로 인해 몬스터의 생체에너지가 생기는 것은 분명했다.

 왜냐하면 강한 몬스터일수록 생체에너지가 강하기 때문이다. 그리고 강한 몬스터에게서는 카오스에너지의 함량이 많은 고급 마정석이 나왔다.

 오열은 도축을 시작했다.

 뼈를 발라내고 마정석을 채취했다. 붉은 보석처럼 아름답게 빛났다. 너무나 빛이 강해 어두운 동굴 속에서도 찬란하게 빛이 났다.

 '멋지군.'

 오열은 마정석을 손으로 잡고 가방에 넣으려는 순간 전기에 감전당한 듯 퍼덕거렸다.

 "캑!"

 비명을 지르고 싶어도 입이 벌어지지 않을 만큼 엄청난 충격이 전해졌다.

 "으으으으아!"

 오열은 바닥에 쓰러져 뒹굴었다.

 그는 마치 물에서 나온 물고기처럼 퍼덕거렸다. 머리가 뒤틀어지는 듯 짜릿짜릿했다.

 그것은 마치 원액기에 들어간 오렌지가 압착되어 주스로 변하듯 뇌가 거대한 돌에 눌려 부서지는 느낌이었는데 거기에 전기까지 있어 짜릿짜릿했다.

오열은 미칠 것 같았다.

기절을 하고 싶어도 전류 때문에 의식은 시간이 흘러도 또렷했다.

한 시간이 지나고 두 시간이 지나 의식이 하얗게 변할 무렵 고통이 줄어들기 시작했다.

"으으… 헉헉!"

입을 열자마자 새된 비명이 새어 나왔다.

거친 숨이 튀어나오고 나자 비로소 허파에 시원한 공기가 들어왔다.

그리고 보니 바람이 어디선가 불어오는 것 같았다.

엉망진창이 되어버렸어야 할 광장 안이 이 정도로 깨끗하게 보이는 이유가 몬스터의 브레스에 맞은 벽 중에 어딘가에 구멍이라도 난 모양이다.

오열은 바닥에 누워 거친 숨을 토해했다. 그러자 졸음이 몰려왔다.

피곤함과 함께 온 졸음이라 참을 수가 없어 눈을 감았다.

얼마의 시간이 지났을까, 오열은 자리에서 눈을 뜨고 벌떡 일어났다. 한참 후에 주위를 둘러보았다.

'아, 여긴 몬스터의 아지트였지.'

오열이 주위를 둘러보았으나 변한 것은 없었다. 황금색 마정석이 자신이 누워 있던 곳에 반짝이고 있다.

거대한 크기다. 일반적으로 몬스터의 마정석이 사람의 머리 하나 크기를 벗어나지 못한다면 이것은 그 세 배는 족히 되었다.

"무슨 일이 일어난 거지?"

몸이 가벼워진 것 같기는 하지만 대단치는 않았다.

오열은 에너지소드로 몬스터를 도축하였다. 거대한 크기의 몬스터라 아무리 가방이 크고 마법 가방이 있어도 다 들어가지 않아 뼈를 제외하고 가방에 모두 넣었다.

메텔레스 영지에 가면 연금술을 할 수 있는 장비들이 아직까지 있다.

이는 브로도스와 오열의 연금술 실험실이 따로 있기 때문에 가능했다. 그렇지 않았다면 브로도스가 떠나면서 모든 것을 가져갔을 것이다.

'그나저나 마정석의 크기 하나는 죽이는군.'

오열은 크기는 마음이 들었지만 이곳 세계의 마정석은 카오스에너지가 많이 들어 있지 않아 그다지 기대하지는 않았다.

'아만다가 기다리고 있겠군.'

오열은 아만다 생각이 나자 자신이 이곳에 얼마나 있었는지 염려가 되었다.

아바타 접속을 해제하고 1층으로 올라가니 아만다가 소파에 잠들어 있다.

오열은 그 모습을 보며 피식 웃었다.

오열은 아만다를 들어 침대로 데리고 갔다. 아만다는 정신을 차리지 못하고 잠들어 있다.

아만다는 아마도 오열이 나오기를 기다리고 있다가 잠든 모양이다.

그러고 보니 아만다의 얼굴이 이전보다 야윈 듯 보였다. 아만다를 침대에 눕히고 방을 나왔다.

오열은 수련하고 싶은 마음이 강하게 들었다. 그곳에서 무슨 일이 일어났는지 알고 싶어졌기 때문이다.

오열은 탁자 위에 자신은 무사하며 수련을 하러 내려간다는 메모를 적어놓았다.

수련실로 가서 정좌를 했다.

호흡을 가다듬고 눈을 감았다. 내력을 슬쩍 돌렸다. '기이잉' 하는 소리와 함께 마나가 움직였다. 그런데 마나가 움직이는 양이 평소와 달랐다.

'뭐지?'

오열은 마나심법을 하면서도 의아했다. 마나의 양이 이전과는 비교가 되지 않을 정도로 움직이고 있었기 때문이다.

이전이 골목길이었다면 지금은 8차선 도로 같다. 마나가 가는 곳에 막힘이 없었다.

오열은 자신의 몸에 무엇인가 일이 일어남을 느꼈다. 미약한 마나석과 마법진으로는 이런 결과가 나올 수 없었다.

마나가 주요 길을 다닐 때마다 몸이 저릿저릿했지만 기분은 굉장히 좋았다.

수련이 끝났을 때 오열은 자신의 몸이 변한 것을 깨달았다. 왜냐하면 옷이 조금 작아졌기 때문이다.

'이게 뭐지?'

내공을 슬쩍 일으켜 보자 이전보다 양이 많았다. 오열은 처음에는 얼떨떨했지만 곧이어 굉장히 기분이 좋아졌다.

오열은 가만히 생각해 보았다. 이런 일이 생긴 것은 마정석이 진화를 다 하지 못하고 몬스터가 죽었기 때문인 듯했다.

나르테스가 에너지스톤을 먹었다. 에너지스톤은 연금술에서 증폭의 힘이 가장 큰 광물이다.

그것을 하나도 아니고 엄청난 양을 먹고 소화를 시키는 중에 오열에게 걸린 것이다.

100m 위에서 작업하는 것을 알아차린 몬스터가 오열이 가까이 접근했음에도 불구하고 수면에서 깨어나지 못한 것은 너무나 많은 에너지스톤을 한꺼번에 먹어서일 것이다.

그런데 그것을 다 소화하기도 전에 오열에게 죽었다.

그래서 몬스터가 죽었음에도 불구하고 마정석이 계속 작동한 것이다. 남아도는 에너지는 어디로든지 흘러가야 했던 것이다.

'흠, 그 에너지를 내가 섭취한 것인가?'

오열은 이번에 자신이 엄청난 행운을 잡은 것을 깨달았다.

어쩌면 아바타에 접속하여 더 마나 수련을 하는 게 옳았다.

오열은 침실로 가서 잠들어 있는 아만다를 깨워 그동안 있었던 일을 이야기해 줬다.

"그래서 다시 가봐야 한다는 것인가요?"

"응, 아만다. 오래 걸리지는 않을 것 같아. 이곳의 몬스터는 오스만 왕국에서 보는 몬스터처럼 약하지가 않아. 마정석에 있는 카오스에너지의 양으로 보면 이곳의 몬스터가 적어도 세 배 이상은 강해. 그리고 가끔 도심에 나타나는 몬스터보다는는 거의 20배에서 100배 이상 강하고. 이곳은 우리 같은 메탈사이퍼들이 더 강해지지 않으면 언제 죽을지 몰라."

아만다는 오열의 말을 듣고 고개를 끄덕였다.

만나자마자 다시 가야 한다고 하자 슬펐지만 자세하게 설명해 주니 이해가 되었다.

그래도 여전히 기분은 좋지 않았다.

지난 3일 동안 걱정이 되어 제대로 잠도 자지 못하고 밥도 먹지 못했다.

이곳 지구에서의 생활은 편해서 좋기는 하지만 아는 사람도 친구도 없으니 오열이 없으면 심심하기 그지없었다.

겨우 만났는데 다시 간다니 서운했지만 말릴 수가 없었다. 하지만 바쁜 와중에서도 같이 식사를 한 것은 좋았다.

오열은 밥을 먹고 아만다와 함께 커피를 마셨다.

아만다가 너무나 서운해서 쉽게 아바타에 접속할 수가 없었다.

다시 어두운 동굴.

거대한 몬스터는 앙상한 뼈만을 남겨놓고 자취를 감추었다.

뼈만 본다면 인류의 역사가 시작되기도 전에 사라졌다는 공룡의 그것과 같았다.

오열은 한적한 자리에 앉아 마나심법을 했다. 마나가 바람처럼 불어왔다.

마나가 파도처럼 출렁이더니 온몸으로 범람하기 시작했다. 그런데 그것은 견딜 수 없는 양이었고 상상도 해보지 못한 충격이었다.

마나가 순식간에 한 바퀴를 돌고 또 돌았다. 마나를 한 번 돌리는 데 한 시간 정도 걸렸다.

하지만 지금은 불과 5분도 안 되어 한 바퀴를 돌았다. 믿을 수 없는 속도였다.

그런데 멈춰지지가 않았다. 거대한 파도에 밀려 떠밀리는 돛단배처럼 오열의 의지는 너무나 초라했다.

거대한 힘.

이 아마스트라스 숲의 주인이라고 하던 나르테스의 말이 맞았다.

몬스터는 드래곤에 준하는 존재였다. 그렇지 않다면 그 거대한 에너지스톤을 먹고서 죽지 않을 리가 없다.

마취제를 모두 네 방이나 맞았으며 머리에는 독이 든 총알을 맞고도 마지막에는 브레스까지 썼다. 보통의 몬스터는 아니었다.

오열은 지쳤다.

마나를 통제할 힘도 없으면서 통제를 하려고 하니 힘들 수밖에 없었다.

시간이 지나면서 더 이상의 힘이 남아 있지 않아 그대로 앉아 있었다.

마나가 돌고 또 돌았다. 끝없이 계속될 것 같은 마나의 움직임이 마침내 멈췄다.

오열은 자리에서 일어났다.

온몸에 말할 수 없는 힘이 느껴졌다. 에너지소드를 꺼내 메탈에너지를 불어넣자 붉은 검기 다발이 끝없이 펼쳐졌다.

10m에 달하는 검기가 타오르는 불꽃처럼 일렁였다.

오열은 커진 에너지 막에 감격했지만 그 농도의 짙음에 더욱 놀랐다.

이전에도 5m 정도의 검기 다발을 만들 수 있었다. 하지만 지금의 검기는 이전의 그것과는 차원이 달랐다.

그때는 엉성한 수수깡이었다면 지금은 마치 강철처럼 단단해졌다.

오열은 미친 듯이 웃었다.

하늘이 미쳤는지 아니면 행운의 여신이 머리가 돈 것인지

우연한 기회에 잠자는 몬스터 한 마리를 잡았는데 엄청난 능력치가 향상된 것이다.

이제는 도심에 나타나는 몬스터를 상대로 한번 해볼 만하다는 생각이 들었다.

'먼저 본체가 이 능력을 그대로 이어받아야 해.'

아무리 능력이 좋아도 자기 것으로 만들지 못하면 말짱 꽝이다.

지금의 능력은 아바타의 능력이지 본체와는 상관이 없다. 영혼의 각인 과정으로 묶여 있는 상태라 본체도 수련을 통해 강해질 수 있었다.

'몬스터는 광물을 먹을 수도 있군.'

인간이라면 광물이 가진 에너지를 흡수하기도 전에 소화 기관의 이상으로 병원에 실려 가거나 죽을 것이다.

하지만 몬스터는 서로 다른 광물이 가진 에너지를 흡수할 수 있다는 점을 알게 된 것은 매우 고무적이었다.

몬스터에 대해 연구를 해야 몬스터를 제대로 상대할 수 있게 된다. 그런데 몬스터가 어떻게 강해지는지를 알게 된 것이다.

몬스터는 진화하면서 더 많은 카오스에너지를 인체에 축적할 수 있는 개체로 성장한다.

아직까지 몬스터는 같은 종족 간에는 다툼이 없었지만 아마도 다른 개체들 간에는 먹고 먹히는 먹이사슬이 생성될지도 모르는 일이다.

오열은 마나심법을 하기 위해 좌정하였다. 마음을 단단히 다잡았다.

지금 반드시 강해져야 한다. 몬스터가 하루가 다르게 강해지고 있기 때문이다.

몬스터의 존재 방식은 인간과는 완전히 다르다. 인간이 음식물을 통해 에너지를 얻는다면 몬스터는 던전에 있는 카오스에너지만 있으면 생존할 수 있었다.

비교 상대가 안 된다.

오열은 마나석에서 빛이 뿜어지는 것을 바라보았다. 잠시 후 마법진이 작동하기 시작했다.

그는 마음을 가라앉히고 마나를 끌어올렸다. 마나가 강아지처럼 꼬리를 흔들며 뛰어나왔다.

마나심법을 하자 마법진에서 뿜어내는 마나가 빠른 속도로 체내에 흡수되기 시작하였다.

마나는 이전보다 더 빠르고 강하게 몸 안에 쌓였다.

오열은 마법진에서 흘러나온 마나가 마나심법을 통해 흡수되어 단전에 쌓이는 것을 느꼈다.

한 시간, 두 시간, 시간이 지날수록 마나가 쌓이는 양이 폭발적으로 늘어나기 시작했다.

오열은 아바타로 경험한 마나의 폭주를 느긋한 마음으로

즐겼다.

아바타가 경험한 것보다 마나가 쌓이는 속도는 느리지만 마나의 성격은 훨씬 무거웠다.

'마나가 쌓이는 속도가 역시나 엄청나군.'

오열은 몸 안에서 움직이는 마나의 동태를 느긋하게 관조하였다.

어차피 제대로 통제하지 못할 마나의 움직임이었다. 아바타와 연결된 영혼의 각인이 마나 마법진에 의해 그 끝이 닿았다.

마나석으로 마법진을 만들지 않았다 하더라도 '영혼의 각인'이 있기 때문에 본체는 훈련을 통해 더 강해질 수 있다.

하지만 마나가 없는 이곳에서 빠른 속도로 성장하기 위해서는 반드시 마나 마법진은 필요하였다.

피부와 호흡을 통해 들어온 마나는 메탈에너지와 결합되면서 말할 수 없이 강해지고 단단해졌다

산이라도 무너뜨릴 수 있을 것 같은 강한 기운이 온몸에 차고 넘쳤다.

촐랑거리던 강아지가 순식간에 늑대가 되었다.

오열은 일주일 동안 밥만 먹고 수련에 매달렸다.

아만다가 걱정되기는 했지만 생존이 우선이었다.

아만다와는 잠을 같이 자고 식사를 같이 하는 정도밖에 같이하지 못했다.

그것만으로도 아만다는 만족해하는 것 같았다.

오열은 그것이 더 속상했다.

하지만 강해질 수 있을 때 강해져야 한다. 이 세계는 너무나 위험하게 변했기 때문이다. 또 언제 어떤 몬스터가 불쑥 나타날지 모르는 일이다.

오열은 미친 듯이 웃었다. 아바타만큼은 아니지만 꽤 만족스러운 단계에 진입했다.

'이건 기적이야!'

오열은 붉게 일렁거리는 에너지소드를 바라보았다.

8미터에 육박하는 검기가 뱀의 혀처럼 날름거리고 있다.

슬쩍 검을 휘둘렀다. 5m 두께의 강철 기둥이 종이처럼 베어졌다.

이전에도 물론 이 정도의 강철은 자를 수 있었다. 하지만 예전에는 이 정도 두께의 강철을 베기 위해서는 적지 않은 메탈에너지를 사용해야 했다.

그런데 지금은 그냥 검이 슬쩍 지나가자마자 꽃이 피듯 너무나 자연스럽게 잘렸다.

"하~ 이거이거, 진짜 먼치킨이 되어가는군!"

오열은 만족스러운 미소를 지으면서 나지막하게 한숨을 내쉬었다.

연금술사로 각성하고 나서 이처럼 자신의 캐릭터가 강하다고 느낀 적이 없다.

물론 이전에도 나름 강하다고 느꼈지만 그것은 정말 뼈를 깎는 수련을 통해 얻은 열매였다.

하지만 지금은 하늘에서 뚝 떨어진 것 같은 기적으로 강해진 것이다.

동굴 안에서 퍼질러 자고 있던 몬스터 한 마리를 잡았을 뿐인데 능력이 두세 단계 업그레이드된 것이다.

오열은 한참을 그렇게 있다가 시간이 많이 지나간 것을 깨달았다.

수련실을 나와 거실로 올라갔다.

아만다가 소파에서 고개를 끄덕이며 졸고 있다. 그 모습이 안쓰럽게 느껴졌다.

'아, 그녀가 이곳으로 오면 마냥 행복할 줄 알았는데 현실은 그렇지가 못하구나!'

오열은 가만히 아만다에게 다가가 머리를 만졌다. 매끈한 머릿결이 손가락을 타고 부드럽게 느껴졌다.

사랑은 현실 속에서 작아지고 빛이 바래는 법이다. 사랑 하나만 믿고 알지 못하는 세계로 온 소녀 같은 얼굴을 오열은 한동안 말없이 바라보았다.

아만다의 고개가 거의 바닥에 닿을 정도가 되자 몸이 옆으로 넘어갔다.

오열이 급히 아만다의 기울어지는 몸을 잡았다. 가냘픈 어깨가 손에 잡히자 오열은 눈물이 찔끔 났다.

몇 달 사이에 몸이 많이 말랐다. 아만다의 얼굴은 일주일 전보다 더 수척해져 있었다.

오열은 나직하게 한숨을 내쉬었다.

사랑이 병이라더니 뉴비드 행성에서 잘살고 있는 아만다가 지구로 오고 나서부터 부쩍 약해졌다.

이제는 더는 미룰 수 없을 것 같아 내일은 만사 제쳐놓고 병원에 데리고 갈 결심을 했다.

오열은 어떻게 해야 할지 감이 오지 않았다.

도대체 세상이 어디로 가는지 알 수가 없었다.

몬스터는 너무 일상화되어 있어서 인간의 삶과 분리하기 힘들어졌다.

몬스터에게서 채취한 카오스에너지는 인류의 생존과 떼려야 뗄 수 없게 되었다. 오열은 그것이 무서웠다.

인간에게 가장 위협적인 존재인 몬스터가 없다면 인간은 다른 에너지원을 찾아야 하기 때문이다.

물론 메탈드워프가 없었다면 몬스터의 사체는 아무 쓰잘머리 없는 폐기물에 지나지 않겠지만 말이다.

오열은 아만다를 조심스럽게 침대로 옮겼다. 아만다가 오늘따라 더 예뻐 보였다.

부드러운 뺨에 손을 갖다 대었다. 아만다는 여전히 잠에 빠져 있었다.

오열은 옆에 누워 아만다의 몸에서 나는 향긋한 향기에 기분이 좋아졌다.

코를 끙끙대며 아만다의 몸에서 나는 살 내음을 맡았다.

"으음."

아만다는 오열의 손길을 느꼈는지 뒤척이며 그에게 몸을 밀착했다. 굳이 성욕을 느낀 것은 아니지만 사타구니 사이로 힘이 쏠렸다.

문득 이런 자신이 한심해 손을 빼려는데 아만다가 눈을 뜨고는 입을 맞춰왔다.

가벼운 입맞춤에 갈증이 났다. 그리고 딥키스를 하자 뜨거운 욕망이 폭풍처럼 몰려왔다.

오열은 자신도 모르게 신음을 내질렀다.

머리끝이 쭈뼛할 정도로 기분이 좋아졌다. 오열의 신음 소리를 들었는지 아만다가 더 깊게 밀착하여 오자 오열은 정신이 나갈 것만 같았다.

오열이 한동안 움직이자 아만다가 소리를 질렀다.

"자기, 잠깐만요!"

"왜?"

"숨을 못 쉬겠어요."

오열은 아만다의 얼굴이 평소보다 붉어진 것을 보고 자신의 본능을 억눌렀다.

아만다의 호흡이 점차 안정되자 오열은 천천히 움직이며 얼굴을 살폈다.

"이제는 괜찮아요."

아만다가 말을 하며 일어나 오열의 몸을 부여잡았다. 오열이 몸을 뒤로 조금 빼자 가슴과 가슴을 맞대며 서로의 심장이 뛰는 소리를 들었다.

"아, 너무 좋아요."

"요즘 심심했지?"

"네, 하루 종일 TV만 봤어요. 하지만 나쁘지는 않았어요."

아만다가 말을 하면서 오열의 뺨에 가볍게 키스를 했다.

오열은 어쩌면 아만다가 쾌감을 느끼기 위해 섹스를 하는 것이 아니라 이런 느낌을 원해서 몸을 섞는 것인지도 모른다는 생각이 들었다.

스킨십을 유난히 좋아하는 아만다였다. 그리고 보니 아만다가 섹스를 좋아하기는 했지만 이렇게 서로 가슴을 맞대며 이야기하는 것을 더 좋아한다는 것을 깨달았다.

"나, 당신을 만나서 행복해요."

"나도."

오열은 재빠르게 대답했다.

이런 말에 반응이 늦으면 예민한 여자들은 쉽게 상처를 받는다는 것을 알고 있기 때문이다.

오열의 말에 아만다가 행복한 미소를 지었다.

"그런데 우리 아기는 왜 안 생길까요?"

"그러게. 내일 같이 병원에 가보자."

"네."

오열은 약간 불안한 표정을 짓는 아만다를 보며 그녀가 지구에 도착했을 때 MSC에서 한 검사 때문에 힘들어했다는 것을 기억했다.

몇 번이나 병원에 같이 가자는 것을 거부하던 아만다. 그런데 오늘은 병원에 대한 거부감을 나타내지 않았다.

오열은 아만다의 입술에 가볍게 키스했다.

오열은 한숨을 내쉬며 그동안의 인생을 생각했다.

그는 능력자가 되기 전에는 무척이나 가난했다. 가난한 집안의 아들로 태어나 제대로 된 교육도 받지 못했다.

하지만 타고난 잔머리 덕에 어려운 일은 그다지 없었다. 그의 꿈은 예쁜 여자와 결혼해서 잘 먹고 잘사는 것이었다.

돌이켜 보니 어릴 적 꿈이 이루어진 셈이다.

영웅이 되고 싶거나 특별히 인생을 열심히 살고 싶은 마음도 없었다.

그냥 잘 먹고 잘사는 것이면 되었다. 그때는 먹고사는 것이 너무나 절실했다.

정부가 주는 치약을 먹지 않기 위해 노다가를 해도 행복했다.

이제 부자가 되었고, 누구보다도 예쁜 여자가 애인이 되었다.

곧 결혼도 할 것이다. 막연히 이렇게 되면 행복할 것이라고 생각했다.

그런데 왜 지금 행복하지 않을까? 단지 몬스터의 위협 때문만은 아닌 듯했다.

그때는 그것이 행복이었다. 하지만 얍삽한 인생은 다시금 행복의 조건을 높여 버렸다.

죽지 않기 위해 더 강해져야 한다. 더 좋은 무기와 장비를 가지고 있어야 한다. 그러지 않으면 행복해지지 않을 것 같았다.

조금 더, 조금 더.

오열은 잠든 아만다를 보며 예전으로 돌아가야 함을 깨달았다.

시간이 지나도 지금처럼 많은 시간을 이야기하지 못할 수도 있다.

하지만 마음은 그렇게 먹기로 했다. 마음은 눈에 너무나 잘 보인다. 사소한 작은 행동으로, 눈빛으로, 표정으로, 다정한 말투로 드러나는 법이다.

오열은 행복해지기 위해서 처음 생각했던 그 자리로 돌아갔다.

그러자 고맙고 감사한 것이 수십, 수백 가지도 넘게 생각났다.

이제 치약을 먹지 않아도 된다는 점, 예쁜 애인이 있다는 점, 연금술사이지만 이제는 그 누구보다 더 강해졌다는 점,

좋아하는 커피를 마음껏 마실 수 있는 점 등등이 생각났다.

감사할 조건들이 꼬리에 꼬리를 물고 나타났다. 나중에는 살아 있는 것 자체가 가장 감사할 일이었다.

'작은 것에 감사하지 못하면 큰 것에도 감사하지 못하게 돼. 인생을 사는 동안 내내 불만을 터뜨리다가 죽겠지. 그런데 난 이제 승리자야. 이렇게 예쁜 여자와 매일 섹스를 하고 일을 하지 않아도 길드에서는 큰돈이 나와. 행복하지 못하는 것이 바보다.'

막말로 왕이 된들 행복하지 않으면 무슨 소용이 있겠는가.

비록 거지라도 행복하면 그게 참된 인생이다. 오열은 미소를 지으며 잠에 빠져들었다.

오열이 아침 일찍 일어나 아침을 먹고 수련을 하러 내려가지 않자 아만다가 무척이나 좋아하며 그의 옆에서 떨어지지 않고 종알거렸다.

오열은 10시가 되기 전에 아만다와 함께 병원으로 갔다.

각종 검사를 하고 나자 12시가 되었다.

부자들이 가는 병원이라 그런지 환자가 별로 없었다. 오열은 부자라고 말하기에는 빚이 더 많지만 그렇다고 이 정도의 병원비를 내지 못할 정도는 아니다.

"이틀 후에 오시면 됩니다."

50대 중반으로 보이는 의사가 안경 너머로 친절한 미소를 지으며 말했다.

오열은 담당의의 친절한 설명을 들었다.

특진을 신청하면 하루도 안 돼 검사 결과가 나온다. 오열은 그 사실을 몰랐다. 그냥 최고의 병원에서 최고의 검사를 받았을 뿐이다.

"아, 다행이다."

아만다가 검사가 끝나자 안도의 한숨을 내쉬었다.

"뭐가?"

"난 검사가 아주 힘들 줄 알았어요. 저번처럼."

"여긴 병원이잖아. 돈 낸 만큼 친절하게 해주지."

"아, 그렇구나. 히힛!"

아만다가 오랜만에 귀여운 웃음을 터뜨렸다.

오늘은 화장을 해서인지 얼굴도 화사했다.

늘씬한 몸매에 금발의 아름다운 얼굴이 유난히 행복하게 보였다.

사람들이 지나가다가 두 사람을 바라보았다.

햇살이 나무 위에 걸렸다.

따뜻한 오후다.

『영웅2300』 5권에 계속…

현대백수 장편 소설

FUSION FANTASTIC STORY

간웅

뇌성벽력이 치는 어느 날!
고려 황제의 강인번을 들고 있던
어린 병사가 낙뢰를 맞고 쓰러졌다.

하지만‥ 다시 눈을 뜬 이는
현대 대한민국에서 쓸쓸히 죽은
드라마 작가 지망생.

고려 무신 시대의 격변기 속에서 눈을 뜬 회생[回生].
살아남기 위해! 죽지 않기 위해!
그의 행보로 인해 고려는 서서히
변하기 시작하는데……

치세능신 난세간웅(治世能臣 亂世奸雄)!

격동의 무신 시대!
회생, 간웅의 길을 걷다!

Book Publishing CHUNGEORAM

절정고수들이 하늘 높은 줄 모르고 질주하는 현 세상.
서른여덟 개의 세력이 서로를 견제하는 혼돈의 시대.

그 일촉즉발의 무림 속에
첫 발을 디딘 어린 소년.

"나는 네가 점창의 별이 되기를 원한다."

사부와의 약속을 지키고
난세로 빠져드는 천하를 구하기 위해
작은 손이 검을 들었다!

박선우 新무협 판타지 소설 FANTASTIC ORIENTAL HE

풍운사일

BOOK PUBLISHING CHUNGEORAM